그때 그 시절, 그래도 그립다

박정필 수필집
그때 그 시절, 그래도 그립다

초판 1쇄 인쇄일	2018년 2월 6일
초판 1쇄 발행일	2018년 2월 12일
지은이	박정필
펴낸이	최길주
펴낸곳	도서출판 BG북갤러리
등록일자	2003년 11월 5일(제318-2003-000130호)
주소	서울시 영등포구 국회대로72길 6, 405호(여의도동, 아크로폴리스)
전화	02)761-7005(代)
팩스	02)761-7995
홈페이지	http://www.bookgallery.co.kr
E-mail	cgjpower@hanmail.net

ⓒ 박정필, 2018

ISBN 978-89-6495-110-1 03810

이 도서의 국립중앙도서관 출판시도서목록(CIP)은 e-CIP홈페이지(http://www.nl.go.kr/ecip)와
국가자료공동목록시스템(http://www.nl.go.kr/kolisnet)에서 이용하실 수 있습니다.
(CIP제어번호 : CIP2018002227)

박정필 수필집

그때 그 시절, 그래도 그립다

B
I
G 북갤러리

수필의 생명인 산문정신에 투철한 작품

石蘭史 이수화
(펜 고문, 문협 부이사장, 문학비평가협회 명예회장)

　박정필 씨는 시인 겸 수필가다. 참으로 문무겸전의 삶을 엮어오는 분이다. 인문학의 꽃인 시(詩)문학과 사회 정화의 목탁 역할이 올곧게 전파되는 효과적인 수필의 대가로서 이미 세 권이나 출간해 어두운 사회에 경종을 울리는 이 땅의 민중적 지팡이(경찰 고급간부)였다.

　1998년 상재한 첫 시집《숨죽여 뛰는 맥박》을 비롯하여 연달아 역작 시집《섬 안의 섬》,《갈꽃섬의 아침》,《꽃씨를 묻는 숨결들》을 써냈고, 수필집으로는《경찰관 시인의 세상 이야기》,《오늘밤 꿈속에서 아버지를 만나고 싶다》,《다시 듣고 싶은 노래》등 제목만 들어도 인간과 사회가 공존하는 지정(知情) 합일체의 사회 지도이념이 함초롬히 내재된 저술들이다.

　박정필 시인의 특히 수필은 공사다망함 속에서도 필자만의 타인에 지정적(知情的) 양분이 될 경험담과 그것을 꾸밈없이 널리 알리는 데에 일조하는 유머나 일화의 효과적인 필설 구사가 일품으로 꼽히는 분이다. 나로서는 이분의 시와 수필에 대한 해설을 여러 번 글쓰기 품앗이를 감당한 바가 있어, 박정필 시인·수필가의 글 솜씨를 적잖이 파악하고 있기 때문이다. 특히 이번 제4수필집《그때 그 시절, 그래도 그립다》에는 몽골 조선족 견문의 기행문, 우리 사회 곳곳에 이슈가 되고 삶의 걸림돌이 되고 있는 문제적 화제에 날카롭고도, 건전한 방향타로서의 글 길을 열어놓고 있다. 실로 눈물겨운 스토리텔링이 소개되는가 하면 국책사업이 아쉬운 좌절담과도 같은 무거운 글감도 일일이 숫자와 자료 확인, 고증하여 수필로써의 한담을 넘어서는 참고서로써의 유가치한 면모를 자랑한다. 가령, '제주 해저 고속열차' 반대 견해에 대한 논리적이고도, 설득력 넘친 주장도 가슴에 와 닿는 글이었고, 시인이 되겠다는 살인범 유영철의 후안무치한 태도를 꾸짖는 예리한 필치, 종편방송의 정치 평론에 대한 견해, 영화 감상담, 한국과 베트남 미래상, 섬 이야기 등등. 특히 손자와의 불편한 진실은 자식에 대한 가정교육의 방향이 담겨있다. 교양을 쌓기 위한 권장 도서로도 크게 손색이 없을 정도다.

20세기 영미 시단의 선구자인 에즈라 파운드(Ezra Pound. 1885~1979)는 산문가(散文家)들이 극구 반대하는 시의 산문성을 주창했다. 시를 산문처럼 써야 한다는 것이다. 막연하고 부정확한 낭만적인 요소를 배제하고 '좋은 산문처럼' 간결하고 견실한 표현을 하려면 산문일 수밖에 없다고 한 에즈라 파운드는 그 때문에 구어체(口語體) 시를 썼다.

박정필 시인의 제4수필집이 잇따라 상재되는 것은 에즈라 파운드처럼 수필의 생명인 산문정신에 투철해 있기 때문인데, 그 정신은 사물,

사실을 적확(的確)하게 표현할 수 있는 길이 산문이기 까닭이다.

박정필 시인의 제4수필집 《그때 그 시절, 그래도 그립다》 제목부터가 우리를 유혹하기에 충분하다. 그때 그 시절, 어땠기에…….

2017년 12월
서울 삼개나루 樹堂軒에서

石蘭史

내가 글을 쓴 것은 칭찬받기 위해서도 아니고, '쩐'의 실리를 추구하려는 것도 아니다

글은 시간이 많아서보다, 되레 바쁜 틈을 활용해 쓰는 게 더 많이 써진 것 같다. 어느덧, 공직 은퇴한지도 10년의 세월이 흘렸다. 되레 공직에 있을 때, 더 많은 글을 쓴 것 같다.

현재 시간밖에 없는 백수로 살면서, 게으름 속에서도 4번째 수필집을 내놓게 됐다. 늘 그랬듯이, 이번에도 신문사에 기고한 글들을 모아 엮었다. 특히 〈인천일보〉에 '박정필의 세상사'와 〈경기일보〉에 '천자 춘추' 코너에 필진으로 선정돼 글을 게재했다. 이런 계기가 없었더라면, 나도 일찌감치 글 쓰는 일을 접었을 것이다.

퇴직 후 대부분 잡기에 시간을 소일한다고 한다. 난 그러지 못했다. 다만 시와 수필을 쓰고, 뒤늦게 취미삼아 서예를 배웠다. 사실상 글을 쓴 것은 그 누군가로부터 칭찬받기 위해서도 아니고, '쩐'의 실리를 추구하려는 것도 아니다. 한낱 나름의 문학적인 소질과 취향으로 인해 썼다고 해도 과언은 아니다.

끝으로 추천사를 써주신, 이수화 시인께 심심한 사의를 표한다.

2017년 12월
인천 구월동 선수촌에서
노고 **박정필**

| 차례 |

제1부 봄이 오는 길목에서

제2부 독서하는 사람이 미래의 주인공이다

제3부 정의가 넘치는 세상, 불의가 판치는 세상

제4부 여성의 삶, 어머니의 길

제1부
봄이 오는 길목에서

소통은
건강한 사회를 만든다

최근 우리 사회는 '소통'이란 말이 유행어처럼 번지고 있다. 사전적 의미는 '막히지 않고 잘 통함, 또는 의견이나 의사가 상대편에게 잘 통함'으로 돼 있다. 혹자는 소통은 인간의 삶을 영위하기 위한 최고 덕목이라고 추겨 세우고, 또한 가장 필수적인 능력이라고도 강조하기도 한다.

소통은 누구든지 원하지만 그리 쉬운 일은 아닌 것 같다. 소통이 실패할 경우, 내 탓보다 네 탓으로 곧잘 치부하면서 불신과 증오를 키우기도 하고, 대립과 반목으로 날을 세운다. 따라서 감정을 자극하는 언어보다는 한층 순화된 표현을 써야 한다. 실제로 대화는 애정과 진정성이 배어있고, 상대방에게 편안하게 해 주는 데 주안점을 두고 있다.

실로 소통을 막는 요인들은 선입견과 편견, 고정관념, 오만과 독선, 무지, 이분법적 사고, 자기중심성, 배타성 등이 있다. 소통을 잘 하는 사람은 많은 친구도 잘 사귀고, 유익한 정보를 제공받아, 그것을 편리하게 활용할 수 있기에 실리뿐만 아니라 칭찬까지 덤으로 얻는다. 반면 소통이 막히면 불편해지고, 눈길이 마주쳐도 어색해진다.

또한 정치권의 여야도 소통이 끊기면 국정능률도 떨어지고, 국민들이 불안감을 느낀다. 사실상 소통은 인간사회에 뿐만 아니라, 자연에서도 필요한 것 같다. 물 흐름이 막히면 주변이 부패하고, 바람이 차단되면 공기가 혼탁해져 답답해진다. 이렇듯 공동체의 삶 속에서 없어서는 안 될 요소인 것 같다.

그런데 소통은 상황과 입장에 따라 달라질 수 있단다. 박근혜 대통령께서는 신년 기자회견 도중, 소통에 관한 질의응답에서 "원칙에 벗어난 입장에서, 소통은 아무런 의미가 없다"고 선을 그었다. 틀린 말은 아니다. 환언하면 소통은 상호 공감대가 형성돼야지, 찬물을 끼얹은 돌발변수가 생기면 곤란하다는 의미다.

비근한 예로 상대방이 황당한 주장과 무리한 요구를 하거나, 거친 막말과 일탈한 행동으로 나오면 매우 난감해진다. 이런 경우, 이해와 설득이 필요하고 또 상당한 인내가 요구된다. 이런 절차와 과정이 무시되면 소통을 기대할 수 없다.

대다수가 상대방이 뱉어낸 말이 내 생각과 다르면 이내 좋지 못한 감정을 드러내 소통을 깨기 일쑤다. 오늘날 우리는 매우 다원화된 시대를 살아가고 있다. 중요한 것은 긍정적인 사고를 가지고 접근하는 게 좋다. 소통이야말로 일방만의 이익이 아니라, 상호가 이익을 얻는 원원전략이다. 남녀노소 지위고하를 막론하고 소통문화가 원활해지면, 우리 사회는 더욱 건강해지고, 삶의 질도 향상될 것이다. (2014. 2. 27.)

우리 사회의 결혼문화

　가끔 결혼 주례를 서달라는 지인의 부탁을 받고서, 필자는 꽤나 주례를 서준 경험이 있다. 그때마다 보고 느낀 일이지만, 결혼식장에는 오랜만에 만난 친구 친척 등과 이런저런 얘기를 나누다 보면 시끌벅적해진다. 그런 가운데 사회자가 결혼식을 시작하겠다고 하객들에게 "식장 안으로 들어와 주십시오"라는 멘트를 두세 번 한다. 하지만 하객 중 일부는 축의금만 내고 바로 피로연장으로 가서 식사를 하고, 또 다른 일부는 빈 의자가 있는데도 들어가서 앉지도 않고, 입구에서 끝날 때까지 서서 청승맞게 이야기꽃을 피운다.

　예식장 안에는 가까운 친인척, 신부신랑의 절친한 친구들이 끝날 때까지 자리를 지켜준다. 실제로 결혼식은 시간상으로 30분 전후로 마치는 게 적절하다. 특히 주례선생 앞에서 신랑신부는 설레고 경건한 마음으로 긴장된 상태다. 따라서 주례사가 길어지면 땀을 흘리면서 힘들어 한다. 필자의 경험칙에 의하면 주례사는 5분 정도 하면 하객들께서 좋아한다. 어떤 주례자는 미주알고주알 죄다 해주고 싶어서 10분 이상을 넘게 되면 예식장 입구에 선 하객들의 사담소리가 높아져 어수선한 분위기가 조성된다.

사실상 주례사를 작성할 때는 어떤 부모 밑에서 자랐고, 어느 학교를 나왔고, 무슨 직업을 갖고 있는지를 장황하게 나열한 것보다는 두 사람에게 현실적으로 가슴에 와 닿는 '효도와 부부사랑'에 대한 덕담을 해주는 게 도움이 될 것이다. 그 분량은 A4 용지 2장(14포인트 크기)으로 하되 말의 속도를 약간 빠르게 진행시키면 지루하지 않을 것이다.

실제로 하객들은 주례사를 경청하지 않으려고 한다. 지금껏 주례사를 가장 짧게 하신 분은 일제강점기 때, 독립운동을 하신 김구 선생으로 알려지고 있다. 그는 독립운동을 같이 했던 동지의 아들 주례를 부탁받고 결혼식장에서 "너를 보니 네 아비 생각이 난다. 부디 잘 살아라"라고 했다고 한다. 이처럼 짧은 주례사를 듣고, 하객 중 한 사람이 시계를 보니 5초가 걸렸다는 일화가 인구에 회자된 적이 있었다. 그 내용이 짧지만 의미가 함축적이고 긴 여운을 남기고 있어 심금을 울리게 한다.

한편으로 누구든지 결혼 초청장을 받으면 잠시 고민을 한다. 그것은 축하하는 뜻으로 내는 돈, 즉 축의금 때문이다. 대부분 사람들은 장부책을 뒤져본 뒤 거기에 적힌 금액대로 해주는 게 통례적이지만, 처음 하게 된 경우 상대의 사회적인 입장을 고려하여 축의금의 액수를 결정하게 된다. 혹자는 10년 전 3만 원을 했으면 그대로 3만 원을 해주는 게 된다. 하지만 물가인상을 고려해 좀 더 보태서 5만 원 정도가 적당한 금액이 아닐까 한다.

하지만 축의금을 많이 내면 상호간 우정이 돈독해지는 것 같지만 이 또한 빚이다. 특별한 일부를 제외하고 서민층 자녀들 결혼의 경우

65%는 5만 원, 30%는 10만 원 이상, 5%는 3만 원 정도이다.

몇 년 전 이웃에서 벌어진 일이다. 결혼 축의금으로 인한 씁쓸한 사연 하나가 떠오른다. A는 죽마고우인 B의 딸 결혼 때 축의금 30만 원을 보냈다. 5년 뒤 A 아들 결혼 때 B는 가정형편이 어려워지고, 또 A의 자식들이 2명이 남아 있어서 나중에 할 생각으로 축의금 10만 원을 보냈는데, A는 친구 B의 딱한 전후사정을 이해하지 못한 채 서운하게 여겼단다. 결국 둘 사이 돈독한 우정이 깨지고 말았다. 이런 사례는 비일비재하다.

사실적으로 축의금은 꼭 갚아야 하는 품앗이와 같다. 너무 많이 해도 뒤에 갚아야 하기 때문에 부담되고, 너무 적게 해도 마음이 걸린다. 따라서 최근 5만 원이 가장 많고, 그 다음이 10만 원이다. 사회통념상 축의금 봉투에 6만 원 또는 7만 원 넣기는 왠지 마음이 내키지 않는다. 그래서 5만 원 아니면 10만 원 단위로 보내는 게 일반적인 상례다. 특히 화려한 결혼으로 낭비하는 것보다 검소한 결혼으로 아껴서 차라리 신혼살림에 보태 쓰는 게 훨씬 유익하다고 입을 모은다.

그뿐만 아니라 결혼문화도 시대흐름에 따라 변화하고 있다. 시간대가 주간에서 야간시간을 선택한 경우도 있고, 예식장보다 공원으로 장소를 옮겨 비용도 절감하고 있다. 또 최근에 주례자를 세우지 않고 사회자가 진행한다. 이처럼 현대사회는 전통적인 결혼풍습을 깨고, 비용절감을 위한 간편한 결혼식을 일부에서 시도해 보지만, 우리 사회에 전반적으로 확산되지 않는 것은, 아직은 국민적인 공감을 얻지 못한 데 있다고 본다. (2015. 2. 3.)

잔인한
4월의 슬픔

팽목항에서 사고해역을 향해 애끓은 심정으로 기도한 보람도 없이, 차디찬 바다 속에서 찾아 낸 자식의 시신을 안고 망연자실한 모습을 맨 정신으로 볼 수가 없었다. 눈에 넣어도 아프지 않을 금쪽같은 자식을 하루아침에 잃어버린 유족들의 한 맺힌 절규에 도저히 잠들 수가 없는 밤이다.

지금 온 국민이 슬픔에 휩싸여 죄인처럼 마음이 무겁다. 아울러 내 자식이 언제 어디서 안전사고를 당할지 모른다는 불안감도 배어든단다. 사실상 세월호의 비극은 예고된 인재였다. 바로 눈앞에서 다 키운 청춘남녀들을 수중의 고혼을 만들다니, 참으로 기가 막히고 억장이 무너진다. 왜 그랬을까. 그 많은 어른 중에 한 사람이라도 학생들한테 구명동의를 입혀 선실 밖 갑판에서 대기시켰다가 배가 침몰시 바다로 뛰어 내리라고 외쳤더라면, 인근 민간인 배들에 의해 구조되어, 이처럼 끔직한 대형 참사는 막았을 것이다.

애지중지 기른 앞길이 구만리 같은 아이들을 죽게 한 무능한 뱃사람들은 한 사람도 죽지 않았다. 그 누가 유족들의 심경을 헤아릴 수 있겠는가. 당해보지 않으면 절대 알 수가 없다. 뿐만 아니라 죽을 날까지 트라우마에 시달리면서 자식들을 가슴에 묻고 살아가야 한다. 이처럼 잔인한 4월의 슬픈 무게에 분노와 고통을 넘어 어딘가에 화풀이하고 싶은 감정도 생겨날 것이다. 우리 국민은 환난상휼의 전통정신으로 유족과 함께 슬픔을 나누고, 따뜻한 말 한마디가 흐르는 눈물을 멈추게 할 것이다.

반면 선주 유 씨는 수천억대의 재산가임에도 선원들 처우에는 인색했단다. 그는 70살 노인을 1년 계약직 선장으로 채용했다. 따라서 사고 당시 이 늙은 선장은 위기의식도 없었고, 제대로 상황판단을 못했으며, 탑승객 보호의무도 포기한 채 가장 먼저 탈출한 맹추였다. 또 15명의 선원들도 마찬가지였다. 선장만 제대로 조처했다면 이처럼 많은 희생자들이 절대로 생길 수 없는 일이다. 그래서 더욱 원통하다.

더 큰 문제는 이런 안전사고가 1년도 안 돼 벌써 세 번째다. 지난해 7월 태안 해병대훈련 사설캠프사고, 올 초 대학생 경주리조트 붕괴사고, 또 단원고생 수학여행사고다. 그런데도 몇 달 지나면 언제 그런 불행이 있었는지, 까마득하게 집단망각을 하게 된다.

다른 한편, 해경도 화를 키웠다는 비난에 자유로울 순 없다. 신고 받고도 느슨한 초기 대응을 잘못했다는 지적이 빗발치고 있다. 해난사고에는 완급, 경중, 선후를 잘 판단해 순발력 있게 처리해야 피해를 줄일 수가 있지 않은가. 이번 참사에 노력한 보람도 없이 질책을 받는 걸보면 안타깝다.

이 와중에도 희생자 유족들의 가슴에 대못을 박는 일이 벌어졌다. 몇몇 정치인들의 부적절한 처신을 보면서 그들에게 제정신인지 묻고 싶다. 게다가 보수논객 지만원의 글을 보면 등골이 서늘하다. 자신이 운영하는 홈페이지 '시스템클럽'에 올린 궤변수준의 내용은 이렇다. "시체 장사를 한두 번 당해봤는가. 제2의 광주폭동이 반드시 일어난다"고 망상하며 대통령은 단단히 대비하라고 조언까지 했다.

이제 우리 사회는 그가 궤변전문가인지? 사이비 안보전문가인지? 스스로 마각을 드러냄으로써 분명히 알게 됐다. 이런 망측한 자와 이 땅에서 동시대에 살고 있다는 게 부끄럽다. 이런 행위는 되레 정부를 욕되게 하고, 국론을 분열시키고, 국가안보에 조금도 도움이 되지 않는다. 누구든 애족정신이 없는 자가 애국심이 있다고 떠벌린 자체가 위선이다.

삼가 고인들의 명복을 빌며, 유족에게도 심심한 위로를 전해 드린다. (2014. 5. 26.)

조선족에 대한
편견과 오해

'조선족', 그들은 누구인가? "조선족은 중국 동북지방의 랴오닝(遼寧)·지린(吉林)·헤이룽장(黑龍江) 등 삼성(三省)과 그 밖의 중국 땅에 흩어져 거주하고 있는 한족(韓族) 혈통을 지닌 중국 국적의 사람으로서 중국의 소수민족 중 하나다"고 정의를 내리고 있다.

우리 정부의 공식용어로는 한국계 또는 조선계 중국인이며, 중국의 공식용어로는 '중국 조선족'이다. 이렇듯 한국 혈통을 가졌지만, 한국 국적을 취득하지 않는 조선족은 한국인이 아니다. 바야흐로 국제화시대를 맞이하여 한국인과 결혼을 하거나 난민자도 법적 절차에 따라 국적을 취득하면 우리 국민이다.

한편 법무부 통계에 따르면 조선족의 국적 취득자가 현재 50만 명을 넘어 섰고, 불법체류자 포함 60만 명이 된다고 한다. 일단 국적을 바꾼 조선족은 한국인이다.

중국 조선족 사회가 한국과 직접적인 관계를 맺기 시작한 것은 1980년대 중반부터인데 친지방문의 형태로 한국에 입국하기 시작했다. 한

중수교(1992)가 이루어지자 본격적으로 한국에 유입됐다. 한때 한국으로의 이주와 체류 과정에서 조선족은 매우 불안정한 위치에 서게 됐다. 우리 정부가 1987년부터 1992년까지 조선족이 동포라는 점을 고려하여 입국과 체류에서 특혜를 제공했지만 1999년 '재외동포법'에서 조선족을 배제해 버렸다. 이에 따라 조선족의 거센 반발 끝에 2004년 법을 개정해 조선족을 혜택 대상에 다시 포함시켜 주었다. 2007년부터는 연고가 없는 동포에게도 최장 5년까지 자유롭게 한국을 방문하여 취업할 수 있게 했다.

중국 조선족 사회가 '한국 꿈'이라고 할 수 있는 '한국바람'으로 큰 변화를 가져왔다. 이들은 주로 취업과 자녀학업을 목적으로 들어와 가족들을 불러 국적을 취득하여 서울시 대림동, 구로동, 가리봉동, 안산시 원곡동에 집단적으로 모여 살면서 생계수단으로 우리 사회 저변에서 소위 3D 업종에 대부분 종사하고 있다. 즉, 식당이나 건축공사장, 파출부, 공장 등이다. 사실상 한국인이 기피하는 자리에 노동력을 제공하여 자리매김함으로써 경제적 효과를 내는 필요한 존재들이다. 종종 사업주와의 마찰과 갈등으로 불신과 배타심을 갖기도 한다. 또 차별과 멸시를 당하고, 때로는 임금을 떼어 먹는다는 사례도 적지 않다고 한다.

게다가 조선족의 범죄행위에 대해 언론은 대서특필하여 부정적으로 기사화하고 있다는 점도 마음 아파한다. 그뿐이 아니다. 인터넷에 들어가보면 나쁜 이미지의 댓글이 수없이 달렸다. 하지만 조선족과 한국인이 한민족이라는 데는 이의를 달 사람은 없을 것이다. 그래서 견원지간처럼 서로 미워할 게 아니라 관심과 애정으로 친한 이웃을 만들어야 한다. 그들의 고달픈 삶을 이해하고, 미래의 희망적인 따뜻한 말 한마디로 위로해줘야 한다. 사실상 우리와 똑같은 한 뿌리다.

그들이 '조선족'이 된 것은 1870년대로 올라간다. 계속되는 흉년으로 기근에 시달리다 드넓은 만주 땅을 찾게 되었고, 이후 일제가 국권을 빼앗고, 식량을 수탈해가자 고픈 배를 움켜쥐고 고국을 떠난 일종의 디아스포라였다. 그들은 연변지역에서 몇 대에 걸쳐 조국의 언어와 문화를 유지하고, 거의 완전한 민족 공동체를 형성하면서 중국에서 살았던 우리 핏줄기다. 이제 선대의 고향을 찾아와서 살겠다는 그들은 이민족이 아니라 한민족이다. 따라서 눈부시게 발전해 가는 한국에서 자손만대 무궁토록 자유와 풍요를 만끽하면서 행복하게 살아야 할 권리와 의무가 있다. (2014. 10. 21.)

혀(舌)는 공든 탑도
무너뜨린다

중국 풍도(馮道, 881~954)는 5대 10국 시대 때, 정치적 혼란기를 겪으면서도 무려 11명의 황제를 모신 재상으로 유명하다. 동시대는 안 살았지만, 그분의 성품과 처세술이 어떠했는지 대강 짐작은 간다. 게다가 말에 대한 경고성을 담은 그의 문학작품인 '설시(舌詩)'가 시공을 초월해서 인류에게 교훈을 주고 있다.

우리 정치인과 고위관료들은 한번쯤 시구를 음미해 볼만하다. 잊혀질만하면 지도급 인사들이 부적절한 말을 뱉어내어 당장 자신에게 화가 날아오고, 남 듣기도 거북스러우며, 또한 말의 대상자도 상처를 입는다. '설시'의 텍스트는 이렇다.

입은 재앙을 불러들이는 문이요(口是禍之門) / 혀는 몸을 자르는 칼이로다(舌是斬身刀) / 입을 닫고 혀를 깊이 감추면(閉口深藏舌) / 가는 곳마다 몸이 편안하리라(安身處處牢)

오늘날 자유 민주사회는 말의 홍수시대다. 하지만 말이란 할 말이 있고, 삼가야 할 말이 있다. 그럼에도 그걸 삼키지 못하고 일단 입 밖으로 쏟아내면 주어 담지 못하고 그 책임을 져야 한다. 실로 말은 그 사람의 인격이요 품격이다. 열 마디 말 중에 한 마디 잘못된 말 때문에 비난받기도 하고, 친구 간의 우정과 남녀 간의 사랑이 깨진 경우도 있다. 반면 감동 준 말 한마디에 인생의 미래를 바꿔놓을 수도 있고, 말 한마디에 천 냥 빚을 갚는다고 했지 않는가. 예나 지금이나 험담은 적이 되어 돌아오고, 칭찬은 좋은 벗이 되어 돌아온다고 했다.

사실상 혀로 인해 재앙을 입는 일이 설화다. 그 의미를 찾아보면 "말의 내용이 법에 저촉되거나, 사람들의 비난을 받거나 함으로써 입은 화" 또는 "남의 험담이나 중상 따위로, 입게 되는 불행한 일"로 돼 있다.

아직도 우리 국민들 기억에 생생히 남아있는 설화의 사례들을 되새겨 보고, 타산지석으로 삼았으면 한다.

16년 전 당시 김모 의원은 DJ 현직 대통령을 향해 "대통령 입을 공업용 미싱으로 드르륵 박아야 한다"는 막말로 인해 형사책임을 졌고, 정치생명의 단명을 가져왔다.

17대 대통령후보였던 정모 의원은 자신을 지지하지 않는다며 "노인들은 투표장에 가지 마라"라고 했다가 노인에 대한 불경죄(?)로 몰려 상대 후보에게 많은 표를 몰아주었다.

3년 전 이모 ○○당 대표는 중앙선거관리위원회에서 주최한 18대 대통령후보 TV토론회에서 '남쪽정부'란 실언으로 곤욕을 치렀고, 국민들로부터 이념까지 의심받기도 했다.

이뿐만 아니다. 강모 의원은 전국대학생토론대회에서 아나운서의 꿈을 가진 한 여대생에게 "아나운서하려면 다 줄 생각을 해야 되는데 그래도 할 수 있겠느냐?"고 말했다가 여성비하 발언으로 인해 윤리위서 제명당한 뒤, 당 공천도 못 받고 무소속으로 자신의 지역구에서 출마했지만 고배를 마셨다.

공직자도 예외는 아니다.

고위관료인 조모 전 경찰청장이 정치성 띤 발언을 하여 듣는 이도 거부감을 갖게 했다. 그는 기동대장을 상대로 한 강연에서 "바로 전날 10만 원권 수표가 입금된 거액의 차명계좌가 발견돼 노 전 대통령이 부엉이 바위에서 뛰어내렸다"고 근거 없는 말을 하여 결국 징역 8개월이 선고되어 옥고를 치러야 했다.

또 현모 부총리는 한술 더 떴다. 올 1월 사상 초유의 카드사 정보유출 사태와 관련, 국민들이 불안에 떨고 있을 때 "어리석은 사람은 무슨 일이 터지면 책임을 따진다"고 했다가 불난 집에 기름을 붓는 격이 되고 말았다. 그는 결국 국민들에게 "고개 숙여 송구스럽다"는 사과 한마디로 자리는 지키고 있지만, 아직도 국민의 불신은 남아 있는 것 같다.

잇달아 인사청문회 때도 자질문제로 논란을 빚었던 윤모 해수부장관은 여수 앞바다 기름유출 사건관련 "1차 피해자는 GS칼텍스 회사이고, 2차 피해자는 어민이다"라고 밝혀 '인식문제'로 인해 어민들의 원성과 언론의 뭇매를 받고 6개월 만에 공직사회를 떠났다.

이처럼 부적절한 말 한마디는 크나큰 파장을 불러와 뜻하지 않는 화를 입게 하는 것을 보면 안타깝다.

조선후기 문신이었던 성대중(成大中)의 《처세어록》 편에 "겸손하고 공손한 사람이 자신을 굽히는 것이, 자기에게 무슨 손해가 되겠는가. 사람들이 모두 기뻐하니 이보다 더 큰 이익이 없다. 교만한 사람이 포악하게 구는 것이 자기에게 무슨 보탬이 되겠는가? 사람들이 미워하니, 이보다 큰 손해가 없다"라고 했다.

또 미국의 시인 롱펠로우는 "내가 뱉는 말은 상대방의 가슴속에, 수십 년 동안 화살처럼 꽂혀있다"고 했다. (2014. 4. 18.)

한·중의 트라우마

시진핑 중국 국가주석의 지난 7월 3일 이틀 일정의 방한은 우리 국민의 고정관념을 흔들어 놓았다. 중국은 지리적으로 지근거리인데도 심정적으로 멀게만 느껴졌지만, 한·중 정상회담 뒤 일각에선 한국 입장을 지지해준 낯설지 않는 이웃으로 성큼 다가선 느낌이 든다고 한목소리를 내고 있다.

실제로 현대사에서 일본으로부터 가장 많은 피해를 입은 국가는 한국과 중국이다. 따라서 동병상련의 '과거사'를 공통적으로 안고 있기에 곧 공감대가 형성되고 소통으로 이어졌다. 그래서일까. 추락하던 박근혜 대통령 인기가 껑충 뛰었다. 분명 국민들이 지지하고 환영한 결과였다. 사실상 아픈 역사문제를 진정성 있는 사죄 한마디 없이 어물쩍 넘어가서는 안 된다는 게 한·중의 국민 정서다. 아베 신조는 조상들이 저지른 천인공노할 만행을 왜곡하는 등 수정주의로 일관해 왔다.

한편 국제적인 관심 속에 두 정상들이 '전략적 협력 동반자관계'를 과시함에 따라 같은 날, 아베 정부는 시샘이라도 하듯 곧바로 대북제재를 일부 해제했다. 이에 미국도 이해한다고 나섰다. 알다시피 북·일 사이가 '견원지간'처럼 불편했는데 급속히 뜨거워지고 있다. 이래서 국제관계는 영원한 친구도, 영원한 적도 없다는 걸까.

이제 한국은 조선(朝鮮) 후기처럼 나약하지 않다. 국익을 위해서는 적극 주도해갈 역량을 키웠다. 따라서 강대국의 정책에 의해 끌려 다닌 약소국이 아니라는 것을 확연히 보여준, 박 대통령의 의지와 리더십은 한층 돋보였고 믿음직스럽다.

돌이켜보면 한반도를 병탄하고 중국 국토의 절반을 강점해 양국이 큰 고난을 겪었다. 그 당시 우리 조상들은 독립운동을 위해 중국으로 건너가 상해에 임시정부를 수립해 국권을 찾고자 목숨을 초개와 같이 던졌다. 특히 외교권이 박탈되고 조선이 합병된 시기(1905~1910)에 분기탱천한 조선청년들이 일본과 싸우겠다고 나섰다가 일본군의 의병 토벌로 인해 전국 의병 15만 명이 사망하고 잡혀서 냉혹하게 살육을 당했다.

더 거슬러 올라가보면 임진왜란의 참상을 쓴 《유성룡의 징비록》에는 "1593년 4월 1년 만에 한양을 수복했을 시, 거리마다 인마 썩은 냄새가 천지에 진동했고, 뼈들이 짚단처럼 흩어져 생지옥이 따로 없다"고 기록됐다.

중국도 마찬가지였다. 남경 학살사건 때 35만 명의 양민을 총살, 생매장, 참수, 불태워서 잔인하게 죽였다. 더 거슬러 올라가보면 청일전쟁과 중일전쟁 때도 수많은 양민을 처참하게 죽였다는 일군 자백서와 생존자들의 증언, 희생자들의 사진 등에서 일제의 야만성을 엿볼 수 있었다. 이처럼 한·중은 일제침략의 트라우마를 치유하지 못하고 있음에도 일본 아베 신조는 양 국민의 가슴에 대못질을 하고 있다.

또 몇 년 지나면 생을 마감할 동남아 등 위안부 할머니의 처절한 외침에도 귀를 막고 있지 않는가. 그뿐만 아니다. 독도는 일본 고유의 영토다, 중국의 다오위다오(일본명 센가쿠)도 자국 것이라는 주장을 되풀이하면서 주변국에 대한 영토적 야심을 드러내고 있다. 사실상 두 섬은 옛 문헌자료가 증명하고 있음에도 억지와 생떼를 쓰고 있는 셈이다. 이처럼 아베 신조 정부가 손바닥으로 하늘을 가린다고 일제의 전쟁범죄가 면죄부를 받는 것은 결코 아닐 것이다.

이런 와중에도 '한·중 정상회담' 이틀 전, 일본 아베 신조는 '집단적 자위권' 행사를 할 수 있게 헌법해석을 각의서 결정했다. 일본이 패망 이후 지켜온 '전수방위 원칙'을 휴지처럼 버리고 '전쟁할 수 없는 나라'에서 '전쟁할 수 있는 나라'가 된 것이다. 이와 관련 동남아 국가들은 우려 속에 안보 환경이 더욱 미묘해지고 긴장의 파고가 높아지고 있지만, 우리 한국 정부는 조금도 흔들림 없이 굳건한 안보의 토대위에서 침체된 경제성장과 올바른 정치문화가 정착되길 염원한다. (2014. 7. 14.)

동서화합이
통일의 원동력

인간은 누구나 일상에서 이해관계에 따라 갈등과 대립이 생겨난다. 이로 인해 격한 감정이 분출되면 물리적 충돌도 가능해진다. 한때 우리 사회도 지역갈등으로 커다란 아픔을 겪은 바 있다. 그 후유증은 아직도 남아있는 것 같다.

누구나 화해를 풀지 못하면, 스트레스와 증오가 잉태된다. 하지만 서로가 화해하고 상대를 진정으로 포용하면, 감정의 응어리는 봄눈 녹듯 풀리게 된다. 타인에 대한 증오심은 내 자신의 정신건강에도 해롭다. 반면, 이해와 배려심이 많은 사람은 행복의 지수도 높고, 좋은 인간관계도 갖는다.

지난해 12월 초 '영호남의 화합'을 위해 새누리당 경북지역 의원들과 민주당 전남지역 의원들이 지역갈등을 해소하고자 '동서화합포럼'을 결성했다. 올 1월 15일 故 김대중 대통령 생가를 방문했고, 이어서 3월 3일에는 故 박정희 대통령 생가를 방문했다는 신문기사가 눈길을 끌었다.

돌이켜보면, 정치사적 관점에서 두 전직 대통령 때 지역감정이 생겨나 설상가상으로 광주 민주화운동으로 이어져 망국적인 동서 분열의 골이 깊어졌다. 이제야 두 지역 정치인들이 결자해지하겠다는 의지를 갖고 나선 것은 만시지탄의 감은 있지만 천만다행으로 여겨진다.

하지만 생가 방문 그 자체로 마음의 상처가 치유될까. 입으로는 화합을 쉽게 말하지만 문제해결엔 그다지 녹록치 않을 것이다. 최근 '통일 대박'이란 화두가 등장해 느낌은 좋다. 그렇지만 진정한 동서화해 없이 관습처럼 표출된 증오감이 하루아침에 말끔히 지워질지, 아무도 모른다.

일회성 행사로 그치지 않고 미래를 위해 진지하게 고민하길 간절히 바란다. 여전히 지역감정과 흑백논리, 색깔론이 득세하고 있다. 국정원 대공수사국 현직직원이 2년가량 인터넷 게시판에 "전○디언 씨족을 멸해야 된다, 홍어○" 등 3천400개의 비방 글을 올렸다고 검찰이 뒤늦게 밝혔다. 참으로 서글프고 통탄스럽다.

하지만 이런 저급한 분열행위에 대해 강력한 법적 조처가 없다면, 동서화합은 구두선에 그칠 공산이 크다. 또한 여태껏 역대의 대통령도 "일체의 분열행위를 엄단하겠다"고 의지를 표명한 적이 한 번도 없었다. 이상한 일이다. 실제로 '동서 분열행위'에는 어떤 야심이 숨겨있는 걸까. 특히 선거 때만 다가오면 관행처럼 지역갈등을 부추긴 발언으로 정치인들은 반사이익을 얻는다, 하지만 결국 망국으로 가는 길이다.

중국 춘추시대 한비자는 세상에는 멸망에 이르는 세 가지 길이 있다고 했는데, 그 중 하나는 도리에 어긋난 자가 도리에 따르는 자를 공격하면 망한다고 했다. (2014. 4. 2.)

봄이 오는 길목에서

바야흐로 봄의 문턱이다. 따사로운 봄 햇살이 우듬지를 살포시 자극하면 초록맥박이 거세게 뛴다. 아직도 깊은 계곡엔 동장군의 하얀 입김이 군데군데 서려있는데도 봄의 전령사인, 귀엽고 앙증맞은 복수초, 바람꽃, 노루귀 등 야생화가 찬 기운에도 아랑곳하지 않고 꽃망울을 터뜨렸단다.

하순쯤 남녘에서 시작하여 개나리, 벚나무가 시샘이라도 하듯 앞 다퉈 피어내어 온 누리를 환히 밝혀줄 것이다. 그중 양지 바른 산자락의 개나리가 제일 먼저 꽃등을 들고 봄 마중을 나간다. 네 갈래 노란꽃잎에 코끝을 갖다 대보면, 물씬 풍겨나온 향긋한 냄새가 온 몸에 배어든다.

그 순간, 어릴 적 불렀던 '봄나들이' 노래가 절로 흘러나와 흥얼거리게 된다.

나리 나리 개나리 / 입에 따다 물고요 / 병아리 떼 종종종 / 봄나들이 갑니다.

이처럼 동요가 나이에 상관없이 기억에 남는 것은 부르기 쉽고, 가사가 간단하며, 국민 정서에 맞기 때문일 것이다. 또 뒷동산에 올라가 진달래 꽃잎 따먹고 입 안이 온통 붉게 물들었던 시절도 잊지 못할 것이다.

머지않아 흐드러지게 핀 꽃들의 축제가 열리면 관광객들로 인산인해를 이룰 것이다. 실제로 이런 아름다운 꽃축제는 삶의 질을 향상시켜 주기도 하고, 지역 주민의 끈끈한 공감대가 형성되며, 아울러 홍보 효과도 크다.

그뿐만 아니다. 아낙네들은 취나물, 두릅나무새순, 씀바귀 등 산나물을 뜯어다가 요리솜씨로 입맛을 돋우기도 한다. 또한 길거리 여인들의 옷차림과 표정도 한층 밝게 만들고, 제주도 유채꽃도 활짝 피어주며, 강남 간 제비도 돌아와 처마 밑에 둥지를 틀면 한가족이 된다.

풀냄새 물씬 풍기는 산야에 누워서 아내와의 정다웠던 시절로 돌아가 이야기꽃을 피어내면 사랑의 기운도 충만해지고, 막혔던 가슴도 뻥 뚫린다.

한편으로 현대를 살아가는 사람들이 언제부턴가 돈과 명예만 집착하게 됐다. 도에 넘친 탐욕은 나 자신도 해치고, 이웃도 해치며, 더 나가 사회도 불행하게 만든다.

인간의 행복은 물질이 아니라 마음에서 우러난다고 한다. 사실상 손에 쥔 게 적어도 낭만과 휴식을 한 폭의 수채화 같은 봄의 정취 속에서 만끽하게 되면 애틋한 감정도 새록새록 생겨나 기쁨이 배가 된다.

잠시 일상을 접고 봄 여행을 다녀오면 에너지도 충전되어 일의 능률도 오르고, 자신을 괴롭힌 정신적인 고질병도 치유될 것이다. 찬란한 새봄이 가기 전 가정에 웃음꽃을 활짝 피어보면 활기가 더욱 넘칠 것이다. (2014. 3. 18.)

한민족의 영웅
안중근 의사

지난달 16일, 중국 하얼빈 역에 '안중근 의사 기념관'이 개관됐다. 일본의 반응은 민감했다.

그들 언론은 "한중 안중근 기념관 개관은, 일본 압박 공조"라고 주장하고 나섰다. 또 관방장관 스가 요시히데는 기자회견을 통해 '안중근은 테러리스트'라고 막말했다.

그럼 이토 히로부미는 과연 누구인가. 1905년 대한제국 외교권이 박탈된 을사보호조약을 체결, 동남아 평화를 짓밟고 인권을 유린한 침략자의 거두였다. 안 의사께서는 침략자에 대한 응징의 당위성을 깨닫고, 1909년 10월 26일 중국 하얼빈역서 저격하여 최후를 맞게 했다.

이처럼 용기 있고 정의로운 거사의 주인공은 한국이 낳은 민족의 영웅 안중근 의사다. 그래서 우리나라는 물론 세계적으로 존경받고 있는 위대한 인물이다.

아직 그 자손들의 피눈물과 뼈아픈 고통이 끝나지 않았음에도, 일제

침략 역사를 왜곡하고 야스쿠니 신사를 참배하는 일본 극우 정치인의 행태는 과거 군국주의의 부활을 꾀하려는 파렴치한 행위다. 지금도 일제의 잔악무도한 범죄 흔적은 여러 곳에서 널려있다. 관동대지진 조선인 학살, 제암리교회 신도집단 학살, 독립투사 고문살해, 위안부 강제동원, 국보급 유물약탈 등 수없이 많다.

그뿐만 아니다. 아베 신조가 양심과 이성을 가지고 평화를 펼치려는 정치인인지 의심스럽고, 여태껏 일제 향수에 젖어 있는 모습에서 연민마저 느껴진다. 만약 일본이 과거사를 청산 않고 미래로 간다는 것은 화약을 품고 불길이 있는 곳으로 가는 것과 뭐가 다른가.

하지만 과거 피해국가의 국력은 그때와는 딴판이다. 이런 변화를 읽지 못한 아베 신조의 인식이 정치행위나 언행에서 묻어난다. 이렇듯 노골적인 탐욕의 본색을 드러낸 것을 보면 예사롭지 않다.

일본에는 황당한 속담이 있다. "거짓도 백 번을 우기면 진실이 된다"는 것이다. 참으로 비양심적이고, 인류 보편적인 가치에 반하는 문화가 담겨있다. 그래서일까. 최근 일본은 독도가 그들의 고유 영토라고 지속적으로 주장해 오다가 그 거짓을 진실로 위장시켜 역사교과서에 담았고, 향후 국제사법재판소에 제소하겠다고 들먹거린다.

사실상 한국에 이미 일본의 침략이 시작되었다. 일제강점기 독립운동가인 신채호 선생께서 "역사를 망각한 민족에게는 미래가 없다"고 했다. 이런 고귀한 가르침을 가슴에 새기고 유비무환의 지혜를 모아야 할 때다. (2014. 2. 11.)

우리 사회의
공중도덕 불감증

인간이 공동체의 일원으로서 일상을 살아가려면 그 사회가 요구하는 제도 및 제약을 잘 지켜야 한다. 거기에는 질서행위·도덕규범·윤리·법률 등 여러 가지 사회적 준칙들이 있다. 한 마디로 공중도덕이라고 한다.

우리 사회는 급격한 산업화와 민주화바람으로 많은 변화를 가져왔다. 하지만 순기능이 있는 반면 역기능으로 인해 몸살을 앓고 있다. 현대사회는 청소년 비행과 탈선이 도를 넘어서고 또한 자녀들의 과잉보호는 기본적인 생활예절, 인내심 부족 등 잘못된 인성교육으로 타인과 이웃한테 피해를 주고 있다. 사실상 사회규범 준수의 정신은 어렸을 때부터 몸에 배게 하는 것이 무엇보다도 중요하다.

필자가 얼마 전 D시를 가기 위해 고속열차를 탔다. 4살쯤 보이는 아이 둘이 객석 사이를 오가며 시끄럽게 장난치고 다녀도 30대 엄마는 방관적인 태도를 보였다. 주위 승객들은 짜증스런 표정을 지었으나, 그 누구도 아이들 행위를 제지하지 않았다. 자칫하면 아이 엄마와 언쟁을 빚는 게 싫어서 참는 게 좋다는 생각이었을까?

아이들 소란행위는 계속됐다. 마침 내 곁으로 소리 지르며 달려오자 그때 "조용히 앉아서 가야지"라고 한마디 했더니 잠잠해졌다.

한편 젊은 엄마에게는 자녀에게 교육을 시킬만한 의지와 능력이 없어 보였다. 그 이유는 자명하다. 그녀도 부모로부터 제대로 된 가정교육을 받아본 적이 없기 때문이다. 이런 아이들이 성장하면 공중도덕을 지키지 않는 무례한 사람으로 성장할 개연성이 높다. 교육학자들이 말하기를 가정교육은 3세 정도에서 마무리된다고 한다. 그래서 우리 속담에도 '세 살 버릇 여든 간다'고 했지 않는가.

또한 고속도로나 시내도로를 가다보면 운전자가 담배를 피우다가 창밖으로 꽁초를 휙 던져버리는 행위를 자주 목격한다. 이 역시 부모교육과 학교교육을 제대로 받지 못한 몰상식한 사람이다. 이뿐만 아니다. 아파트 주변 공원에 나가보면 애완견을 끌고 나와 여기저기에 배설물을 싸놓아 산책객의 코를 쥐게 한다.

가끔 고속버스를 타고 가다가 휴게소에 잠시 쉴 때, 화장실에 들어가면 '흘리는 것은, 눈물뿐이 아닙니다'라고 쓴 스티커를 보면서도 소변을 흘리는 일이 비일비재하다. 반 발짝만 움직이면 되는 일조차 습관이 안 돼 지켜지지 않는 것이다.

어디 그뿐인가. 우리 국민 거의가 스마트 폰을 소지하고 있다. 전철, 버스, 열차를 타보면 "울림을 진동으로 하고, 낮은 목소리로 사용해 달라"고 안내방송이 나온다. 그럼에도 아랑곳 않고 '요란한 울림과 고성 통화'로 인해 승객에게 스트레스를 주게 한다.

이처럼 지켜지지 않는 도덕률은 비단 이것으로 끝나지 않는다. 아무 데서나 술주정행위, 씹는 껌을 버린 행위, 바가지요금 씌우는 행위, 과도한 스킨십 행위, 길가에 쓰레기 버리는 행위, 노약자 자리에 젊은이가 앉아 있는 행위, 전철 안 젊은 남녀의 과도한 애정표현 행위, 층간의 소음행위, 금연지정 장소에서 흡연행위 등을 흔히 보게 된다. 타인에게 조금만 배려해 주고, 신경을 써주면 될 일인데 지나치게 자기 위주로 행동하는 것은 그 사람의 인격과 도덕성 문제다.

실제로 소수가 지키지 않는 공중도덕 때문에 대다수가 마음을 상하게 하고 불편을 느끼게 하며, 심지어 외국인에게 한국인의 좋은 이미지마저 구기게 만든다.

이웃 선진국은 어떤가. 일본 국민은 길거리에서 휴지나 오물이 떨어져 있으면 그걸 주어 주변 쓰레기통에 버리고, 여의치 않으면 집까지 가지고와서 규격봉투에 넣어 버린다고 한다. 아이들은 어릴 적부터 이런 부모들의 행동을 본받아 습관이 생활화돼 있다.

이웃 중국도 2008년 베이징올림픽 개최 전, 줄 서기 운동을 전개하여 시민을 줄 세우는 데 성공했다. 우리나라가 선진국으로 진입하려면 잘 지킨 공중도덕이 필요조건이다. (2014. 5. 9.)

제2부
독서하는 사람이
미래의 주인공이다

고향에 대한 허상과 실상

1987년 1월 중순 인천 동암역 근처 전세방에 이삿짐을 풀었다. 가족이 단출하고 짐도 간단했다. 그때 7살 아들이 어느덧 34살 됐으니 덧없는 세월이 꿈만 같다.

필자는 고향에서 초교만 졸업하고, 14살 때 상급학교 진학을 위해 일찍이 도시로 나왔다. 이후 직장생활 대부분을 경기도에서 했다. 실제로 부천과 인천서 거의 생활한 셈이다. 아들은 부천서 출생했고, 딸은 인천서 태어났다. 두 남매는 초교부터 고교까지 인천에서 졸업했으니, 누가 뭐래도 인천을 고향으로 인식하고 있다. 그들은 아버지 고향에 대해 전혀 관심이 없다.

필자가 6년 전 은퇴하고 고향에 갔을 때, 40~50대 마을주민 중 한 분도 알아보지 못했다. 참으로 낯설고 물설어 외로움이 절로 묻어났다. 60살 넘은 몇 분만 어렴풋이 알아볼 뿐이다. 돌이켜보면 60~70년대 산업화바람으로 농촌 탈출 러시가 봇물 터지듯 했다. 당시 낙후된 지역으로 교육환경도 열악하고, 대물림 가난의 멍에를 벗지 못했다.

그러나 지금은 상황이 딴판이다. 고향마을은 90년대 중반부터 시작한 '전복양식'으로 단기간에 큰돈을 거머쥐더니 괜히 우쭐거리고, 각을 세우면서 돈 자랑에 거품을 문다고 귀띔해 준다. 과거처럼 소박하고 정겨운 분위기는 느껴볼 수 없고, 치열한 삶의 경쟁터가 됐다. 이처럼 물질문명의 이기는 정신을 황폐화시킨다. 성공한 공동체는 물질이 아니라 인간애가 존재해야 하고, '상호존중과 신뢰'가 전제돼야 한다. 그렇지 않으면 불신과 갈등의 골만 깊어진다. 게다가 외지인에 대한 배타성과 집단이기심이 강하다.

한편 필자는 고향에 대한 미련 때문에 울지 않는다. 그래도 애환서린 제2고향인 인천이 정이 듬뿍 들어 뼈를 묻고 싶다. 하지만 인천토박이 지인들은 나를 인천사람으로 인정해 주지 않고, 태어난 곳을 지칭해 '저 아래' 사람이라고 쉽게 곁을 주지 않으니 못내 섭섭하다. 언제쯤 지역주의의 고리가 끊길지, 참 딱할 노릇이다.

요즘엔 인생 황혼기의 성숙과 여유로움으로 든든한 친구들과 우정을 나누며 매양 행복감을 느낀다. 인간은 나이가 들면 고향에 찾아가고 싶은 심정은 예나 지금이나 다름없는 걸까.

우리나라 최초 백운동 서원을 건립한 신재 주세봉이 풍기군수로 재임 시 농암 이현보가 벼슬을 접고 한양에서 고향인 안동으로 낙향한다는 소식을 듣고 죽령까지 마중을 나가 맞이하면서, 왜 한양에서 살지 않고 시골로 돌아오느냐고 묻자 "나이 들어, 고향에 오는 것은 순리다"라고 하자, 주 군수께서도 "고향으로 돌아오는 것은 하늘과 땅 사이의 변함없는 진리다"라고 응수했다는 일화가 전해온다.

우리 사회도 한때 '귀촌현상'이 열풍처럼 불었다. 하지만 익숙하지 않는 농어촌생활에 쉽게 적응을 못하고, 경제적인 손실을 안은 채 도시로 회귀하는 사례가 적지 않았다.

필자의 고향 마을에선 일단 출향했다가 다시 돌아온 사람이 '전복양식'을 하려면 "3년 거주한 뒤에, 3천만 원의 거액을 마을 어촌계에 내놓고, 동사의 참여도가 높아야 한다"는 규약이 법보다 엄격하다. 이런 제약이 걸림돌이 되어 선뜻 낙향하지 못하는 사람들도 없지 않다.

반면 고향서 집과 논밭을 팔고 타지로 이사 간 사람에게는 한 푼도 주지 않는다고 한다. 이런 관행이 적절한지, 당국의 행정지도가 필요한 문제가 아닌지 곰곰이 생각하게 만든다. 사실상 고향은 추억에 대한 그리움의 개념이지, 아늑하고 평온한 안식처는 아닌 것 같다.

시인 정지용의 '고향'이란 시(詩)의 첫 행에서 보듯이 "고향에 고향에 돌아와도 그리던 고향은 아니러뇨"라고 묘사됐다. 화자의 고향에 대한 상실감을 엿볼 수 있다. 누구나 고향에 대해 그리워하고 추억을 반추해 보는 것은 인간이 갖는 보편적인 정서다. 글로벌 시대의 고향은 이상향이 아니다. 별천지 같은 외국도 많지 않는가. 이제 고향은 가깝고도 먼 이웃일 뿐이다.

최근 필자가 고향에 대한 현상과 본질을 직관과 통찰을 통해 '섬마을 고향'을 시제삼아 시 한수로 형상화시켜 봤다.

섬마을 고향은 / 소름 돋아난 / 눈썹달 걸린 공동묘지 / 산기슭에 체온 끊긴 옛집 / 볼품없는 민속품처럼 / 힘겹게 서있다 / 속살 파헤친 옥토에 / 코끝을 쥐게 한 공장폐수가 독사처럼 기어가고 / 올챙이 잡던 냇가 메워 / 치패(稚貝)양식장 만들어 / 소음공해 키워낸 이색지대 / 그리운 유년의 추억이 / 뿌리째 뽑혀나간 채 / 나는 이미 이방인이다(필자의 시 '섬마을 고향' 全文). (2014. 8. 5.)

국정원에 대한 매질,
이젠 그만

지루한 장마처럼 국정원에 대한 비판이 1년 넘게 쏟아지고 있어 사회 일각에선 '짜증스럽다'는 여론이 확산되고 있다.

우리 국정원이 어쩌다 이 지경이 됐을까. 물론 이유는 있겠지만, 결론적으로 말하자면 개혁을 미루는 게 더 큰 화근이 됐다고 지적한다. 2012년 12월 국정원 직원의 야당후보 비난 댓글사건과 남재준 국정원장의 노·김 대화록 공개사건, 올 들어 터진 서울시 공무원 간첩사건 관련 증거조작으로 얼룩져, 우리나라 유일의 정보기관인 국정원이 모진 홍역을 치르고 있다.

하지만 좀처럼 잠잠해질 조짐이 안 보여 안타깝기만 하다. 게다가 야당에서 폐지론까지 들고 나온 것은 좀 지나치다는 느낌이 든다. 빈대 잡기 위해 초가삼간을 태울 수는 없지 않는가.

실제로 댓글과 문서공개는 정치성을 띤 사안이지만 간첩행위는 국가안보와 직결된 중차대한 사안이다. 자칫하면 국익에 커다란 손실을 가져오게 된다. 그래서 안보전문가들은 국가정보기관은 보호돼야 한다는 의견이 고개를 들고 있다. 지금처럼 국정원을 지속적으로 흔들게 되면 내부적으로 종북 세력과 좌파 세력만 웃게 할 것이라고 주장한다. 그들은 반정부 집회와 시위로 인해 취약한 국민경제에 걸림돌이될 것이고, 사회 기강 해이로 인해 혼란을 가져와 국가 발전을 저해시킬 게 뻔하단다.

그뿐만 아니라 간첩들은 국가 기밀을 북에 넘기고, 국가시설에 대한 폭탄테러를 감행하지 않는다는 보장이 어디에도 없다. 이는 소설 같은 이야기가 아니라 현실적으로 가능한 북한의 변함없는 대남전략이다.

알다시피 국정원 협조자인 김 아무개 씨가 자살하기 전에 쓴 유서에는 유우성씨가 틀림없는 간첩이라고 주장했다. 그리고 그는 자신이 거짓 문서를 만들었다고 인정해 결국 구속됐다. 국정원 김 과장은 위조문서를 몰랐다고 극구 부인했는데도 불구하고 위조사문서 행사 등의 혐의로 구속영장이 발부돼 집행되었다.

이젠 국정원 사태는 거의 마무리됐다. 더 이상 정치쟁점화하지 말길 바라는 애국시민의 간절한 바람을 외면해도 안 될 것 같다. 특히 국정원의 임무는 막중하다. 그들은 음지에서 일하고 양지를 지향하며, 열악한 근무환경 속에서 국가와 민족을 위해 묵묵히 혼신을 다해 일하고 있다.

사실상 공직자가 공무수행을 열심히 하다보면 잘못을 저지를 수도 있지 않는가. 국민의 이해와 용서가 그들에게 반성의 기회가 되고, 국민을 위해 더욱 봉사할 것이라고 확신한다. 특히 우리나라의 유일한 국가정보기관이 이처럼 오랫동안 여론의 뭇매를 맞는 것은 이례적인 현상이다.

필자는 국정원을 편들어 감싸고 싶지는 않다. 하지만 너무 지나쳐 우리 안보망이 깨지게 되면 무서운 국가 위기를 불러올 수도 있다. 따라서 성숙한 시민의식으로 국정원도 보호할 줄 알아야 된다. 또 여야정치권에서도 개혁하겠다고 약속됐고, 박근혜 대통령께서도 "진상을 조사하고, 그 결과에 따라 바로 잡을 것이 있다면 바로 잡겠다"고 입장표명을 했다. 만일 국정원 요원들의 사기와 의욕마저 꺾이면 대공활동이 위축되고, 반면 간첩들이 활개를 치게 되어 우리 안보망이 쉽게 무너진다.

실제로 작은 이익에 집착하면 커다란 국익을 잃어버린 우를 범하게된다. 물론 국정원 사건이 모든 직원의 뼈아픈 교훈이 될 것이다. 향후 대공기능은 정상화돼야 한다. 더 이상 국정원에 대한 매질은 이젠 그만하고 그들의 보이지 않는 노고에 박수를 보내주었으면 한다. (2014. 3. 24.)

권모 의원님께 띠우는 편지

민주화 성지에서 국회의원에 당선된 것을 진심으로 축하드립니다. 광주 광산을구 주민들께서 흔쾌히 밀어드린 것은 '경찰에서 못 이룬 꿈을, 정치인 되어 성취하라'는 의미가 담겨있는 것 같습니다. 알다시피 한국 정치에서 야당 정치인의 입지는 그리 녹록치 않습니다. 더욱이 여성으로서 진흙탕 정치판에 뛰어든 것을 필자 개인적으로는 만류하고 싶었지만, 워낙 '자질과 능력이 출중한 분'이라서 일말의 기대감도 없지 않습니다.

권 의원님께서는 20대에 사시에 합격하고, 경찰 고급간부로 10년여 동안 근무타가 국가를 위해 더 큰일을 해보겠다는 포부를 안고 떠나자, 한솥밥을 먹었던 사람들이 J신문에 비난 성명서를 발표하는 것을 보고 왠지 낯짝이 뜨거워졌습니다.

또한 어느 청년보수단체는 '모해위증죄'로 고발하는 어처구니없는 일이 벌어지고 있습니다. 그뿐만이 아니라, 새정치연합 내에서도 정체불명의 무늬만 야당인 모(某) 의원께서는 "권아무개 공천은 기획 상품이니, 소가 웃을 공천이니"라는 이상야릇한 언설을 쏟아냈습니다. 또 여당에서는 "거짓 폭로 대가 공천" 등 십자포화를 퍼부었습니다. 이처럼 작금의 현실은 권 의원님의 흠집 내기성 정치공세가 봇물처럼 터져 나와 안타깝습니다. 그 이유는 알 만한 사람은 다 알고 있습니다.

한편 권 의원님께서는 2012년 국정원의 대선 개입 의혹을 수사하는 과정에서 당시 김모 서울지방경찰청장이 수사를 방해했다고, '용기 있는 양심'으로 고백하여, 검찰은 공직선거법 위반혐의로 기소했으나, 법원은 1심과 2심에서 무죄를 선고했습니다.

이에 검찰이 불복, 상고해 현재 대법원에 계류 중입니다. 사실상 그때 정황으로 보아 전 수서경찰서 수사과장이었던 권 의원이 진실을 말한 것으로 국민 대다수가 알고 있지만, 혹여 정치적인 판결이 나오지나 않을지 초조하고 불안한 심정을 떨쳐버릴 수가 없습니다.

실제로 정의를 위해 진실을 실토한 자가 '왕따'를 당하고 뭇매를 맞는 서글픈 현실 속에서 '거짓이 진실이 되고. 진실이 거짓이 된' 황당한 일들을 볼 때마다 우리 사회의 미래가 걱정스럽습니다.

권 후보님이 선거활동기간 중 '남편 재산을 축소 신고했다'고 입에 거품을 물고 부도덕성을 부각시켜 총공세를 벌렸던 여당이 갑자기 머쓱해졌습니다. 뒤늦게 선관위에서 조사해 본 바 권 후보 남편 부동산은 공직자윤리법상 '신고 대상이 아닌 것으로 결정했다'고 밝혔기 때문입니다. 문제는 이런 흑색선전에 아직도 현혹되는 국민이 많다는 겁니다.

독일의 나치당 선동가 괴벨스는 "사람들은 한 번 말한 거짓말은 부정하지만, 두 번 말하면 의심을 하게 되고, 세 번 말하면 이내 그것을 믿게 된다"고 했습니다. 또한 그는 "나에게 문장을 달라. 그러면 누구든지 범죄자로 만들 수 있다"고 호언장담을 했습니다. 예를 들면 "나는 가족을 사랑한다"라고 말하면 괴벨스는 "그럼 국가는 사랑하지 않는 가?"라고 하면서 반역죄를 씌운 것입니다. 이렇듯 권력은 자신들의 입맛대로 할 수 있는 게 예나 지금이나 달라진 게 없습니다.

특히 7·30 재·보궐선거 때 야당 참패가 귀하의 공천이 부정적인 영향을 끼쳤다는 일부 언론 기사는 추정일 뿐이지 세간의 여론은 가장 잘된 공천이라고 합니다. 기죽지 말고 정정당당하게 부정과 부패를 위해 싸워주시기를 간절히 바랍니다. 아울러 권 의원을 사랑하고 지지하는 침묵의 다수가 많다는 것을 잊지 말아주십시오.

끝으로 정의가 강물처럼 흐르고, 사회적 양심이 꽃향기같이 멀리 번져 신바람 나는 건강한 공동체가 되도록 최선을 다해 주시길 바라면서 앞날에 신의 가호와 은총이 깃들길 기원합니다. (2014. 8. 11.)

세월호 유족에게
드리는 고언

되돌아보니 벌써 '세월호 참사'가 발생한지 5개월째로 접어들고 있습니다. 꿈도 피어보지 못한 어린 숨결들이 수장되어 가는 것을 빤히 바라보면서 구해내지 못한 장면을 떠오르면 몸서리쳐집니다.

그동안 유족들은 가슴이 새까맣게 타버리고, 울다 지쳐 흘릴 눈물마저 말라버린 모습을 보면서 온 국민도 함께 울었습니다. 하지만 아이들을 잃은 부모만큼 그 누구도 슬픔을 느끼지는 못할 것입니다.

이런 '미증유의 참사'를 조금이나마 위로코자 필자는 지난 5월 서울시청 앞에 마련된 세월호 참사로 희생된 분들의 분향소에 찾아가 하얀 국화꽃 한 송이를 바치면서, 고인들의 명복을 빌었습니다. 또 '그립고 보고 싶다'라고 쓴 노란 리본을 나뭇가지에 매달아 놓고 바라보면서 부끄럽기도 하고, 화도 치밀었습니다. 이마저도 모자라서 지방지인 K일보, I일보에 추모 글 두 편과 시 한 편을 써서 게재하면서, 유족들과 함께 슬픔을 공감했습니다. 알다시피 '세월호 참사'로 아이들을 죽인 잘못은 선장 및 승무원들이고, 그 다음 잘못은 해경의 소극적인 구조 활동으로 인해 참극을 더 키웠습니다.

지금껏 검찰수사와 기자들의 취재활동으로 확인된 사실만으로 사고 원인은 거의 윤곽이 드러나왔다고 보아집니다. 이와 관련해 박근혜 대통령께서도 진도 팽목항에 찾아갔었고, 대국민담화를 통해 위로를 드렸으며, 현장 대응이 부족했던 해경도 단호하게 해체하겠다고 약속했습니다.

게다가 유병언 재산에 대해 압류조치를 했고, 관련자 142명을 구속 또는 불구속했습니다. 현재 그들을 법정에 세워 재판을 하고 있습니다. 이처럼 박 대통령께서는 사태해결을 위해 많은 노력을 아끼지 않았습니다.

한편으로 '세월호 특별법' 제정 관련 유족이 요구하고 있는 '기소권 공소권' 문제로 국회에서 여야가 합의하지 못한 채, 첨예하게 대립함으로써 산적한 민생법안을 처리하지 못해서 그 피해가 고스란히 국민의 몫으로 돌아오고 있습니다.

또한 유민아빠 김영오 씨도 답답하고 억울한 마음에 다른 방도가 없어 '46일간 단식'을 가슴을 죄며 해보다가 생각을 달리해 중단하신 것은 그나마도 천만다행입니다. 하지만 세상사는 너무 지나치면 민심이 등을 돌리는 게 세상 이치이고, 외려 부메랑이 될 수도 있습니다. 그 정도에서 접으시고 향후 건강을 챙기시는 게 좋을 것 같습니다. 건강 마저 잃으시면 모든 것을 잃게 됩니다.

또 한편 유족들이 요구한 '수사권, 기소권'에 대해 필자가 감히 주제넘게 한 말씀 드리겠으니 너그럽게 이해하시기 바랍니다. 만약 수사권을 준다면 유족이 선정한 자가 관련자를 불러내어 조사할 때 묵비권을 행사하고, 또 거짓 주장을 하며, 해당기관이 비협조적으로 나가면 어떻게 하시겠습니까? 그것마저 생각처럼 쉬운 일은 아닙니다. 또 기소권을 준다 하여도 관련자들이 범죄사실을 시인하고, 구체적인 증거가 확보될 때 기소할 수가 있습니다. 이 점을 신중히 법전문가와 상의해 보시면 필자의 조언에 동감하실 겁니다.

실제로 유족들의 생때같은 자식을 잃은 슬픔은 그 어디에 비할 수가 없습니다. 지금은 어떤 위로도 약이 되지 않는다는 것을 충분히 이해합니다. 하지만 누구나 한 평생을 살아가면서 희노애락(喜怒哀樂)의 리듬을 타면서 살아가는 게 인생길이 아니겠습니까. 불행한 과거에 빠져버리면, 유족들의 신체적 건강과 심리적 안정도 잃게 됩니다. 이제 다들 단장의 아픔을 털고서 일어나십시오. 그리고 미워했던 사람들도 이해와 관용, 사랑으로 베풀어 주시면 더 큰 행복이 찾아오고, 꽉 막힌 정치도 풀릴 것이며, 국론 분열과 국력 소모를 막는 데 커다란 도움이 될 것입니다. 아울러 침체된 경기도 활기를 찾게 되어 국민 삶의 지수도 높아질 것입니다.

끝으로 필자의 고언을 진정으로 받아 주시길 간절히 바라면서 유가족 가정에 신의 은총이 함께하시길 기원합니다. (2014. 9. 18.)

병 사고, 군(軍)에 모든 책임을 지우게 말라

　임 병장 총기사고에 이어 윤 일병의 폭행치사사건이 터졌다. 이와 관련해 군(軍)은 언론의 뭇매와 국민들로부터 혹독한 질타를 받고 휘청거리고 있다. 이런 가운데 정치권으로 비화되어 국회 '국방위'에서 모 의원이 전 육군 수장 권모에게 모멸적인 질문을 해 시청자들로부터 빈축을 샀다. 급기야 그는 옷을 벗었다.

　일각에선 징계처분이 너무 가혹하다는 비판도 있다. 징계규칙상 소·중대장과 부대장에 국한될 처벌이 너무 껑충 뛰어넘었다는 것이다. 물론 '징계규칙'에 감독자의 양정기준이 분명히 명문화돼 있을 것이다. 이와 관련 징계대상자는 지휘관인 사단장 등 관련자가 11명이었다. 군고위직과 고급장교에 오르려면 온갖 고생을 다 겪으면서 직무에 충실한 사람들이 땀 흘린 노력의 결과물이다.

　하지만 가혹한 처벌만이 능사는 아니다. 일단 공직자가 징계를 받으면 승진 및 보직, 보수에도 피해를 입게 된다. 상명하복의 군 특수성상, 인권만 집착하다보면 기강해이를 자초할 것이고, 반면 규율만 강조하다가는 인권이 침해될 소지가 있다. 따라서 전·후자를 조화시켜 장교들이 책임의식을 가지고 관리감독을 철저히 해야 될 것이다. 물론 가해자도 다 우리의 아들이다. 앞길이 창창한 젊은이가 자신에 닥쳐올 불행을 인식하지 못하고, 일순간 자제력을 잃고 타인의 고귀한 생명줄을 끊었다는 것은 참으로 안타까운 일이다. 특히 임 병장은 전우를 5명이나 죽이고 7명의 부상자를 냈으며, 이 병장은 윤 일병을 엽기적으로 폭행치사한 주동자였다. 그들은 평소 성격상 문제성이 있는 사병들이다. 전자는 자살사고 유발 고위험성을 띤 A급 관심 병이었고, 후자는 신임 사병이 오면 폭행하는 버릇이 있는 26세 나이든 병장이다.

교육학자들의 연구 결과에 의하면 인간이 3세 전후에 인격 형성이 된다고 한다. 그래서 우리 속담에 '세 살 버릇 여든까지 간다'고 했지 않는가. 사고의 불씨는 가정에서부터 이미 길러진다. 누구나가 유아시절 가정교육이 끼치는 영향은 크다. 얼마 전 방한한 프란치스코 교황께서도 "가정은 인간적, 정신적, 도덕적 가치를 배우는 첫 학교"라고 설명했다.

우리 부모들은 자식 밥상머리 교육에 자유로울 수 있을까. 실제로 미성숙한 자식을 군에 21개월 동안 맡겨 놓고, 사고내면 군 관리감독에 문제가 있었다며 모든 책임을 장교들에게 뒤집어씌우는 것은 적절치 못한 행태 같다. 외려 부모의 책임이 더 크다고 본다.

요즈음 사병들은 자유분방한 생활에 익숙한 혈기 넘치는 젊은이다. 그래서 군의 통제에 쉽게 적응치 못하고 일탈하려는 성향이 짙다. 때문에 신병들과 가까이에 있는 소대장의 역할이 가장 중요시되고, 그 다음으로 상급자는 하급자간에 끈끈한 전우애로 인간관계를 형성해야 한다. 사실상 매머드 군 조직에는 꼭 문제성 있는 병사가 존재하기 마련이다. 하지만 사건사고만 터지면 전 군을 대상으로 단체기합 주듯 여론재판이 지나치다. 물론 책임을 져야 할 지휘계통 관계자에 대한 일벌백계는 당연하나, '화풀이 식 처벌'에는 동의할 수 없지 않는가.

최근 일각에서의 과도한 군 때리기로 군의 사기를 꺾는 언행도 자제해야 한다. 게다가 군 사건사고에 대해 언론은 가해자 주장을 여과 없이 보도한 경우, 사태해결을 어렵게 만든다. 임 병장이 좀 정신적인 고통을 느꼈다고 상대방의 고귀한 생명까지 박탈시키는 행위에 대해 인과관계(因果關係)를 따지고, 거짓말을 둘러대는 범죄 행위자에 대한 값싼 동정심은 금물이다.

또 한편 저항도 해보지 못하고 주위의 만류와 보호를 받지 못한 채, 하늘나라로 간 윤 일병의 억울한 죽음이 헛되지 않게, 군 당국은 교육과 훈련을 통해 인권에 대한 장병들의 인식을 한층 고취시켜 건강한 병영문화가 정착되도록 힘써주길 바란다. (2014. 9. 2.)

독서하는 사람이
미래의 주인공이다

우리나라 국민은 다른 나라에 비해 책읽기를 좋아하지 않는다는 통계가 있다. 3년 전 어느 대형 서점에서 조사한 바에 의하면 연평균 15세 이상 한국인이 읽은 책은 11권, 일본인은 40권, 프랑스인은 20권이었다. 특히 한국인은 10명 중 6명만이 책을 읽고 있단다.

지난해 미국의 한 여론조사 기관에서 OECD 회원국을 포함한 세계 30개국을 대상으로 독서량을 조사한 결과 한국이 꼴찌를 차지했다. 참 부끄러운 일이다. 사람이 책을 읽어야 할 이유는 그 속에 있는 지식과 정보를 얻어, 나름의 생각을 키워내 지혜와 건전한 판단능력을 갖게 함이다.

우리 주변에서도 보듯이 책을 많이 읽는 사람이 앞서가고 출세한다. 또한 선진 국가일수록 독서량이 많다는 것은 이미 검증됐다. 그래서일까. 당국에서는 해마다 가을이 오면 천고마비의 계절이니, 독서의 계절이니 운운하며, 국민에게 책읽기를 권장하는 행사도 열지만 아쉽게도 일회성으로 끝난다.

이웃 일본의 초등생은 1인 연 36권 정도의 책을 읽는데 비해 우리 아이들은 29권이다. 향후 일본을 극복하려면 더 많은 독서가 요구된다. 실제로 국민독서가 국가의 미래를 좌우한다는 데 이의를 달 사람은 없을 것이다. 필자는 딸에게 "네가 가장 아름답게 보인 모습은 독서할 때다"라고 자주 말하지만, 그녀는 인터넷이나 TV에 매몰된 시간이 많다.

한편 우리나라 역대 대통령 중 수불석권(手不釋卷)했던 DJ께서는 무려 2만 권의 책을 읽었다고 알려졌다. 알다시피 그분의 해박한 식견을 바탕으로 논리 정연한 말솜씨는 타의 추종을 불허했다. 또한 조선 실학자인 정약용은 "머릿속에 5천권 이상 들어 있어야 세상을 제대로 뚫어 보고 지혜롭게 판단할 수 있다"라고 설파했다.

인간이 살아가는 데 음식물을 통한 육체적인 발육도 중요하지만 지적, 정서적, 도덕적 성장 또한 무시할 수 없다. 인류역사상 독서에 관한 명언들도 적지 않다. 소크라데스는 "책은 정신의 음식이다"라고 했고, 키케로는 "방에 서적이 없는 것은 몸에 영혼이 없는 것과 같다"고 했다. 예나 지금이나 독서의 중요성을 강조했다.

또 다른 어느 기관의 설문조사를 보면, 평소 책 읽기를 어렵게 하는 요인으로 성인과 학생 모두 '일이나 공부 때문에 시간이 없어서'라는 응답이 가장 많았고, 그 다음으로는 '책 읽기가 싫고 습관이 들지 않아서'였다고 한다.

최근 들어 출판사나 서점이 겪는 어려움이 심각하다면서 "우리 국민이 너무 책을 안 읽는다"는 모 대표 주장이 흥미롭다. 책은 원래 안 팔리는 상품이다. 국민이 독서하려면 첫째, 살 돈이 있어야 하고, 둘째, 읽을 시간이 있어야 하며, 셋째, 이해할 수 있는 상당한 지력(知力)이 있어야 한다는 것이다. 사실상 좋은 책은 국민 정신을 풍요롭게 만들고, 국가 발전의 원동력이 될 수 있다고 한다.

임진왜란(1592)때 일군은 조선 최부가 1488년에 쓴 《표해록》를 약탈해 갔고, 병인양요(1866) 때 프랑스 군대는 강화도 '외규장각의 도서'를 약탈해간 것은 책이 그만큼 효용가치가 있기 때문이다.

한국이 선진국으로 진입하려면 경제성장만이 요건이 아니다. 국민이 지적, 문화적 소양이 충족돼야 한다. 독서율은 그 나라의 문화 수준을 가늠하는 지표다. 우리 국민이 언제쯤 전철에서나 여행길에서 스마트폰 대신 책을 손에 쥐는 모습을 볼 수 있을까. (2014. 9. 12.)

한 번 실수에
용서가 미덕 아닐까

누구든 세상살이나 직장생활에서 자신의 몸가짐이나 행동이 바르게 서야 하고, 말 한마디에도 신중해야 한다. 따라서 자신의 행위가 고의는 물론 과실(실수)도 형법상 처벌근거가 있다면 책임진다. 또한 도덕적 일탈행위도 거센 비난을 받게 되고, 공직자들은 징계대상이 된다.

현대사회는 풍족하고 편리한 삶을 구가하고 있지만, 남에 대한 배려심이 부족하고 냉정해지는 것 같다. 또 단 한 번의 단순한 실수에도 눈감아 주려하지 않고, 용서가 안 되는 게 현실이다. 이렇듯 남의 허물에 대한 관용의 미학은 사라지고, 그걸 외려 침소봉대시키고 이슈화시키는 야박하고 비정한 세상이다. 또한 약간의 불편에도 참지 못하고, 불같이 화를 낸다. 실로 인내는 비겁함이 아니라 겸손인 것이다.

공직자는 예나 지금이나 모범적인 처신을 요구해 왔다. 특히 고위공직자는 아홉 번 잘 하다가도, 한 번 가벼운 실수에도 용서되지 않는다. 옛말에도 한 번 실수는 병가상사(兵家常事)라고 했지 않는가. 상대방 실수에 애정 어린 충고가 더 인간미가 실린다.

한편 남에 대한 호의나 도움 따위를 주지 않으려는 몰인정한 공동체가 무섭다. 실제로 파렴치한 행위가 아닌데도 악의적으로 비난하고 사회적으로 매장시키는 것은 건강사회가 아니다. 어디서나 상식이 통하지 않을 때, 답답하고 짜증스럽다. 바로 상식은 보편적인 이해력이기 때문이다.

얼마 전 신모 군사령관의 음주 실수 사례를 뜯어보면, 그는 청주시 모교(고교)를 방문해 안보강연이 끝난 뒤에, 오랜만에 선후배들과 인근 식당에서 술을 곁들인 저녁식사를 마치고 귀가하던 길에 휴게소 화장실을 들어갔다. 그러자 보좌관은 입구에서 상관의 풀어헤친 군복과 술기운 띤 모습이 혹여 민간인에 비쳐질까봐서 충성심에 잠시 양해를 구하려다가 이용자들과 실랑이를 했단다. 이것을 본 어느 민간인이 다음 날 수경사 당직실에 민원을 제기함으로써 그는 결국 불명예스럽게 옷을 벗게 됐다. 그때 함께 식사하면서 술을 권했던 분들은 아픈 기억과 죄인처럼 무거운 마음을 한동안 떨쳐버리지 못할 것이다.

또 한편 본인 실수는 물론이고, 가족 중에도 누구 하나 잘못된 언행에도 그냥 넘어가지 않으려는 탓에 낭패를 자초한 경우도 있다. 정모 중진의원이 고3인 그의 아들이 했던 "한국인은 미개인이다"라는 말 한마디가 일파만파를 불러일으켰다. 급기야 정치인 아버지의 입장은 난감해졌고, 한바탕 곤욕을 치렀다. 그는 눈물을 뚝뚝 흘리면서 국민들께 고개 숙여 사과했다. 이렇듯 자식 잘못도 부모가 책임을 져야 한다. 누구나 자신에게는 관대하지만 남에게는 살인적으로 비판한다. 즉, 내가 하는 사랑은 로맨스이고 남이 하는 사랑은 스캔들이라는 이분법적인 사고로 인해 서로가 불신과 증오를 키우며 서로의 가슴에 대못을 박는다.

남의 불행이 나의 행복일까. 실제로 남을 헐뜯고 악담을 쏟아내는 것은 제 얼굴에 침을 뱉는 꼴이다. 오직 나만이 출세하고 잘 살면 된다는 극단적인 이기주의가 이웃과의 소통에 장애가 된다.

게다가 친구의 성공도 기뻐하지 않는 세태다. 옛 속담에 '사촌이 논을 사면 배 아프다'라고 했다. 중국 순자가 주창한 성악설을 입증한다. 이게 사회병리가 아닐지 다함께 고민해 봐야 한다. 시기질투보다는 이해와 칭찬이 우리 사회를 더욱 포근하고 살맛나게 만들 것이다. (2014. 9. 29.)

영화 '명량'에서
배설 장군 허구 묘사는
잘못된 일이다

최근 '명량' 영화가 한국 영화사상 1천7백만 명의 최고의 관람 기록을 세우면서 흥행에 성공, '쩐'의 재미를 톡톡히 보고 있다. 몇 달 전 필자도 홍보전에 솔깃하여 가족과 함께 관람했다. 물론 보는 이의 시각에 따라 해석과 평가가 사뭇 다르겠지만 필자의 경우 '명량' 영화의 스토리라인이 생각보다 기대감이 떨어져 실망이 컸다. 한마디로 컴퓨터를 활용해 기술적인 면만 너무 치중했고, 내용면은 허술했다는 느낌을 받았다.

사실상 국민 대다수가 학창시절에 국사 선생님한테 귀를 쫑긋 세우고 '이순신 장군'의 임진왜란 업적과 전설 등에 대해 배웠기 때문에 거북선, 강강술래, 노적봉, 울돌목 쇠사슬 전술, 원균 장군 등 개념적 이해가 높다. 물론 영화는 사실 또는 상상력에 바탕을 둔 허구적인 이야기다.

하지만 '명량' 영화가 좀 더 역사적인 사실에 새롭게 접근하여 만들어졌다면, 청소년들에게 애국심을 고취시키는 교육적인 효과도 거들 수 있고, 일반 대중에게 색다른 즐거움도 키웠을 것이다. 게다가 국민 정서상 일본 정치인에 대한 반감으로 인해 흥행에는 실패하지 않았을 것이다.

옥에 티처럼 명량대첩에 참전하지 않았던 배설 장군을 등장시켜 그가 '거북선을 불태우고, 이순신 장군 암살 기도' 등 왜군보다 더 악질적으로 묘사하여 관객들은 흥미와 감동을 느꼈는지는 알 수 없지만, 경주 배씨 문중에선 분기탱천했을 것이다. 특히 필자가 '명량'에서 아쉬웠던 점은 이순신 장군께서 유속이 빠른 울돌목 바다 밑에 설치한 쇠사슬 전술로 인해 왜선이 침몰한 리얼한 장면은 볼 수 없었다. 그리고 왜군에게 병사가 많다는 것을 알리기 위해 휘영청 밝은 달밤에 남녀노소가 손을 잡고 '강강술래'를 뛰는 영상도 없었다. 만약 두 장면을 영상화시켰더라면 금상첨화가 됐을 것이다. 더욱이 아무 근거 없이 배설 장군의 반역 행위를 끼어 넣어 경주 배씨 후손에게 수치심을 유발하고 야유와 조롱거리가 될 소지가 충분하다.

이처럼 과장된 흥미 위주의 허구 묘사는 사극 영화 자체에도 품격이 떨어지고, 또한 더 큰 문제는 관객이 이런 허구의 내용을 역사적인 사실처럼 인식한다는 것이다.

아니나 다를까. 얼마 전 경주 배씨 후손들은 발끈하면서 '사자에 대한 명예훼손죄'로 '명량' 영화 제작자들을 경찰에 고소함으로써 사태의 귀추가 주목된다. 그들은 '예술 표현의 자유니', '창작의 자유니' 등을 내세워 자기정당화에만 급급하고 있지만, 설득력이 떨어진다. 피해 당사자의 입장이 된다면 그들도 마찬가지로 분통을 터뜨렸을 것이다. 훌륭한 예술작품은 남의 인격을 모독하거나 명예를 펌훼하지 않고, 오히려 그것을 더 높은 차원으로 승화시켜 예술성을 높인다.

필자의 견해도 '조상명예'를 예술이란 명분으로 희화화하여 부정적인 이미지로 먹칠한다는 점에는 선뜻 동의할 수가 없다. 내 명예가 소중하면 남의 명예를 존중해야 한다. 사실상 명예훼손은 억장이 무너지는 인격테러다. '명예'의 사전적인 의미는 "세상 사람들로부터 받은 높은 평가와 이에 따르는 영광 그리고 사람 또는 단체의 사회적인 평가나 가치"라고 기록돼 있다.

세간에는 명예에 관한 명언도 적지 않다. 독일 명언에는 "돈을 잃어버리는 것은 인생의 적은 것을 잃어버리는 것이다. 또 용기를 잃어버리는 것은 인생의 많은 것을 잃어버리는 것이다. 그러나 명예를 잃어버리는 것은 인생의 전부를 잃어버린 것이다"라고 했다. 실제로 인간의 명예는 생명처럼 소중한 의미와 가치를 지니고 있다. 그래서 남의 명예를 짓밟는 행위는 결코 선이 아니다. 몇 년 전 사회지도층 인사들이 자신의 명예가 훼손됐다는 이유로 자살을 선택하는 비극이 속출했지 않는가.

한편으로 제작자들은 "영화는 영화대로 봐 달라"고 너스레를 놓고 있지만 경주 배씨 문중의 입장은 다른 것 같다. 그들은 영화 자체가 허구이기 때문에 가공인물을 내세워 악역 부분을 얼마든지 묘사할 수 있다는 주장이 더욱 논리적인 공감을 얻고 있다. 따라서 경주 배씨 후손들이 진정성 있는 사죄와 합당한 배상을 요구한 것은 당연한 것으로 여겨진다. (2014. 10. 26.)

해경은 본연의 임무에
최선을 다하라

　세월호 참사는 온 국민에게 실망과 충격을 안겨주었다. 그동안 우리 사회에 만연된 안전 불감증이 빚은 예견된 대재앙이다.

　벌써 한 달이 넘었는데도 비애와 울분이 조금도 가라앉을 줄 모른다. 국민 대다수는 선원과 해경의 무책임, 무능에 대한 비난이 봇물처럼 터져 나온다. 세월호가 서서히 침몰해 가는 순간에 초조와 불안에 떠는 단원고생들에게 "가만히 있으라"는 선내방송과 현장 결정을 내리지 못한 채 상부에 보고하여 지침을 얻으려다가 구조할 수 있는 골든타임을 놓쳐버린 점에 국민은 더욱 화가 난 것이다.

　그들의 무지와 혼란으로 좌왕우왕하다가 선체가 급속히 기울자 생명의 위기를 느낀 나머지 승객안전을 내팽개치고 비겁하게 도망쳤다. 그때 제 발로 출구까지 뛰쳐나온 선장과 선원들을 해경 7~8명이 우르르 몰려가 허둥대는 모습은 참으로 가관이었다. 왜 해경은 단 한 명도 선실로 진입을 시도하지 않았는가. 그들의 초동대응 부실로 희생자가 많아졌다고 입을 모은다. 결과적으로 304명의 무고한 승객들이 떼죽음을 당한 것이다.

그 당시 이준석 선장과 김경일 해경정장이 제대로만 지휘했더라도 이런 끔찍한 참사는 충분히 비켜갈 수 있었다. 해경이 살신성인의 정신으로 대처했더라면 영웅이 될 수 있는 기회였다.

한편으로 전 공직자는 말단직원 한 사람의 잘못이 이처럼 커다란 파장을 자초한다는 점을 깊이 인식하고 타산지석으로 삼아야 한다. 실제로 세월호 참사는 미증유의 인재였다. 지금 국민은 해경에 대한 사랑과 신뢰가 바닥을 쳤다. 그들에게 생명과 재산을 보호한다는 일말의 의무감도 엿볼 수가 없었다.

또한 기자 인터뷰를 통해 이 선장과 김 해경정장은 자신들의 과오를 감추기 위한 변명과 거짓도 수준급이었다. 그들은 국민을 속이려 했으나 희생된 단원고 학생들의 휴대전화에 담긴 동영상과 사진으로 인해 사실이 아닌 것으로 밝혀졌다.

다른 한편으로, 미국의 〈뉴욕타임스(NYT)〉는 한국의 안전 불감증을 지적했고, 이번 참사를 '완벽한 인재'로 규정하면서 전쟁을 제외한 최악의 참사라고 평가했다. 일본 〈아사히신문〉도 한국 사회가 "성장과 경쟁의 논리가 안전을 뒷전으로 하는 풍조를 만든 것은 아닌가"라고 꼬집었다. 또 중국 〈인민일보〉 자매지 〈환구시보〉는 안전행정부, 해경, 해군, 해양수산부가 제각각 따로 놀면서 생존자를 한 명도 찾지 못했다고 비판했다. 국제적인 망신을 자초한 셈이다.

이와 관련 며칠 전 박 대통령께서는 5·19 대국민담화를 발표하면서 국가 개조를 하겠다는 강한 의지를 천명했다. 특히 주목할 내용은 해경조직의 해체문제였다. 그 이유를 진중하게 설명했다. 그 일부를 옮겨보면 이렇다.

"이번 세월호 사고에서 해경은 본연의 임무를 다하지 못했습니다. 그 원인은 해경이 출범한 이래, 구조·구난 업무는 사실상 등한시하고, 수사와 외형적인 성장에 집중해온 구조적인 문제가 지속되어 왔기 때문입니다. 해경의 몸집은 계속 커졌지만 해양안전에 대한 인력과 예산은 제대로 확보하지 않았고, 인명구조 훈련도 매우 부족했습니다. 저는 이런 구조적인 문제를 그냥 놔두고는 앞으로도 또 다른 대형 사고를 막을 수 없다고 판단했습니다. 그래서 고심 끝에 해경을 해체하기로 결론을 내렸습니다."

물론 해경 입장은 부끄럽고 가슴 아픈 일이다. 하지만 국민께 속죄하는 마음으로 자숙하면서 본연의 임무에 최선을 다하면, 다시 국민의 사랑과 신뢰가 회복되지 않을까. 향후 박 대통령 구상 방안의 실행 여부를 지켜보면서 온 국민은 뜻과 힘을 한데 모아 재도약하는 계기가 됐으면 한다. 그리고 지금 비탄에 빠진 유족들의 요구사항을 적극 지원과 협조해 줌으로써 깊은 상처가 다소나마 치유될 것으로 기대해 본다. (2014. 5.)

이주노동자에 대한
이해와 배려

얼마 전 국제앰네스티(국제인권단체)가 한국에서 이주노동자들이 사업장을 바꾸면 비자 갱신이 금지되는 사실상 '노예계약' 항목에 대한 보완책이 절실하다고 지적하고, 아울러 심각한 인권침해 사례도 발표했다. 현재 25만 명의 이주노동자들이 전국 곳곳에서 우리가 기피하고 있는 자리에 중요한 노동력을 제공함으로써 우리 경제에 기여한 긍정적인 역할을 부인할 수 없다.

근년 들어, 그중 5만 명 정도가 일하고 있는 농촌지역이 인권 사각지대로 떠오르고 있다. 그 실례를 들어보면, 어느 캄보디아인은 딸기밭에서 일하면서 아파도 병원에 가기는커녕 월급마저 받지 못했고, 또 같은 나라에서 온 남성이 천 마스크 하나만 쓰고 농약을 뿌리다 두통에 시달렸단다. 그뿐만이 아니다. 베트남 한 여성은 상추밭에 앉았다는 이유로, 술 취한 농장주가 머리채를 잡고 끌어내는 비인각적인 행위에 대해 질타가 쏟아지고 있다. 국경을 뛰어넘어 비난받아야 마땅하다. 이게 무지의 극치요 인권의식의 백치다.

거의가 제대로 배우지 못한 사람들이 이해와 설득보다는 욕설과 폭력이 효과적인 수단이라는 짧은 생각으로 벌어진 일련의 사건은 우리들의 부끄러운 자화상이다.

이주노동자들은 모국에서 고등학교 이상 배운 20대 젊은이로서, 한국에서 고달픔과 외로움을 참아가면서 자기 나름대로의 장밋빛 미래의 꿈을 키워가고 있다. 그런데 일터의 황당한 경험에 증오심을 품게 하고, 한국의 좋은 이미지에 먹칠을 하게 한다. 사실상 몇몇 고용주에 의해 저질러진 비행이 전 국민에 부정적인 영향을 끼치게 한다.

한편 정부가 이주노동자에 대한 불리한 제도를 개선시키고 인권보호에도 적극 나서야 우리 사회가 더욱 건강해지고 삶의 질도 향상되어, 향기 짙은 행복의 꽃을 피우게 될 것이다.

돌이켜보면, 60~70년대 열악한 경제상황을 타개하기 위해 대졸 광부(63~80)는 7,900명 고졸 간호사(66~80)는 1만여 명이 서독에 취업하여, 이들의 피땀 흘린 대가로 오늘날 한국 경제의 초석을 놓았다는 것은 공지의 사실이다. 실제로 경제 발전에 크게 이바지한 공로자들이다. 당시 대졸 광부들은 우리 사회의 엘리트로서, 전혀 광산경험이 없었기에 현장에서 관리·감독했던 독일인은 애가 터지고 짜증도 났을 것이다. 하지만 "비정하고 야만스런 인권침해는 전혀 없었다"고 그들은 한목소리를 내고 있다. 특히 서독 방송과 신문들은 '세상에 어쩌면 저렇게 억척스럽게 일 할 수 있을까?'라는 제하로 영상과 기사화로 한국의 간호사와 광부들에게 찬사를 보내줬다.

또한 보수도 우리나라보다 3배 이상 받았다고 한다. 그 당시 한국 경제상황은 어떠했는가. 60년대 우리나라(100달러)는 필리핀(180달러)보다 국민소득이 낮았다. 반세기만에 뒤바뀐 이유는 정치지도자를 잘 만났고, 국민들의 근면성과 절약정신, 게다가 '잘 살아 보자'란 기치 아래 '새마을 운동'에 공감대가 형성됐기 때문이다. 이로 인해 현재 우리가 먼저 경제적 주름살을 폈다고 우리보다 못 사는 동남아에서 온 이주노동자들에게 차별과 멸시를 한다는 것은 민주시민의 성숙한 태도가 아니다.

한때 미얀마, 필리핀, 태국, 인도네시아 국가들이, 우리나라보다 사회도 안정되고 잘 살았다. 하지만 역사의 교훈이 입증해 주듯이 영원한 부국도 없고, 영원한 빈국도 없다. 오늘날에 풍요를 구가하던 국민들도 훗날에 외국으로 품팔이갈 수 있지 않는가. 우리가 그들보다 오래도록 잘 산다는 법은 어디에도 없다. 또 특정 국가만이 풍요를 한없이 만끽할 수 없다는 게 세상 이치다.

그래서일까. 항간에 역지사지(易地思之)란 말이 자주 등장된다. 이를 직역해보면 '처지를 바꾸어 생각하라', 즉 '상대편의 처지에서 헤아려 보라'는 것이다. 내 자신도 끝까지 잘 살고 늘 행복할 수 없는 게 인간사다. 나보다 가난하고, 딱한 처지의 사람에게 관심과 배려를 해주면 상대방은 고마워한다. 또 따뜻한 말 한마디에도 힘이 솟고 감동할 것이다. 향후 우리 국민들도 이주노동자들을 형제나 자식처럼 보살펴주고 위로해주면, 그들이 귀국 후에도 한국인에 대한 좋은 인상을 오래오래 기억할 것이다. (2015. 1. 21.)

제3부
정의가 넘치는 세상,
불의가 판치는 세상

우리언어 훼손을
이대로 방치할 건가

 70년대 들어 우리말에 외국어 한마디씩 섞어 사용하는 게 유식한 사람처럼 보였다. 그런데 작금의 우리 사회는 영어 사용이 압도적인 우세를 보인다. 신문기사의 내용, 회사 제품명, 상호이름 등에 영어를 그대로 쓰거나 발음을 우리문자로 표기하고 있다. 게다가 일제의 식민지로 인해 일본어까지 혼용하고 있다.

 동아출판사에서 1990년에 발간된 《새국어사전》 속에서도 외래어(영어, 프랑스어, 독일어, 이탈리아 등)를 많이 담고 있다. 그중에는 우리말 사용에도 거의 등장 않고 있는 단어들이 수두룩하다.

 몇 달 전 한글사용성평가위원회는 447개 공공기관과 산하기관 홈페이지 화면을 대상으로 한글 사용 실태를 조사한 뒤에, "국적 불명의 신조어나 혼합어로, 우리한글을 어지럽히고 있다"고 지적했다. 누구나가 쉽게 공공언어를 이해할 수 있도록 바른 한글 쓰기에 앞장서야 하는 공공기관마저 외래어를 오·남용하는 사례가 무더기로 드러난 셈이다.

또한 서울대학교 지질학과 62학번 일동 명의로 '우리말을 이대로 두어도 괜찮겠습니까'란 제하로 모 일간지에 성명서를 냈다. 하지만 정작 문제를 삼아야 할 국문학과나 국어교육학과 출신 국어교사와 국어학자들은 침묵하고 있다. 특히 해당 주무관청인 교육부에서는 남의 일처럼 뒷짐만 지고 있는 것으로 미루어보면, 사실상 외국어와 외래어 사용이 편리해서 묵시적으로 허용하는 것이 아닐까 하는 의구심도 갖게 한다. 오히려 외래어 추방을 외치는 사람들이 시대에 뒷걸음친다는 분위기다.

한편 일부 국어 학자들은 국제적으로 한국이 문맹률이 가장 낮은 점은 한글의 우수성 때문이라고 한다. 실로 과학적인 원리, 실용성, 합리성에는 타국어의 추종을 불허한다. 그래서 세계적인 자랑거리라고 침을 튀긴다.

하지만 현재 우리말과 글이 처한 상황은 참으로 부끄럽고 참담하다. 그 구체적인 사례를 짚어보면 정말 기절초풍할 노릇이다. 이런 우리의 언어문화가 위협받고 있는 것은 문명의 발달도 일부 원인이 된다. 카카오톡, sns, 인터넷, 스마트폰 등 사용자들이 축약된 신조어를 만들고 또 청소년들의 틀린 맞춤법, 소리 나는 대로 쓰기, 비속어, 은어 등을 마구 전파시키고 있다. 예를 들어보면 청산서를 '빌지'라고 한다. Bill(청구하다) + 지(紙)를 혼합시킨 것이다. 또 하나 들쳐보면 멘붕은 Mental(정신의) + 붕괴에서 앞 자만 따서 만든 신조어. 즉, 정신이 무너진 상태의 의미를 지닌다. 이런 해괴한 신조어 사용은 가족과도 소통을 막고 이웃과 대화의 벽을 쌓는다. 그들이 편의상 쓰는 것인지, 모르고 쓰는 것인지 알길 없지만 다른 청소년의 올바른 언어습관 형성에도 부정적인 영향을 끼치고 있다.

기성세대도 한글을 훼손시키고 있는 것은 마찬가지다. 커피집 상호는 스타벅스, 커피빈, 파인트리 등 영어발음으로 간판을 붙이고 있다. 메뉴판을 눈여겨보면 커피 종류는 온통 영어발음으로 게재해 놓아 얼떨떨해진다. 빵집도 예외는 아니다. 파리바게뜨, 쉐라메르, 뚜레쥬르 등이 있고, 미장원 간판 역시 헤어시티, 엔티티헤어, 헤어크리닉 등 각양각색이다. 또 백화점 간판은 어떤가. Homeplus, Eemart, Lotte, Outlet 등 온통 영어문자다. 어디 그뿐인가. 주택가 골목상권을 쥔 구멍가게도 세일쇼핑, GS슈퍼, GS25, CU, 7일레븐 등 영어문자 또는 발음으로 쓴 명찰을 달고 있다. 이처럼 우리언어 파괴 현상이 계속 늘고 있는 추세다.

　우리말 속에도 영어가 이미 상용화됐다. 승용차만 타더라도 절로 입밖으로 튀어나온다. 백미러, 스페어타이어, 범퍼, 와이어 등등 적지 않다. 또 일제의 통치 잔재로 일본 말이 우리말과 글로 자리를 잡고 있는 것도 흉다. 기스(흠, 상처), 사라(접시), 소라색(하늘색), 야끼만두(군만두), 오뎅(생선어묵), 모찌(찹쌀떡) 등이 부지불식간에 사용되고 있다.

　이에 대해 혹자는 말하기를 외래어를 제대로 받아들여 쓰는 것은 언어문화를 풍성하게 가꾸는 데 도움이 된다고 주장한다. 또 일본에서 온 말이니 무조건 쓰지 말자고 하는 것은 소아병적인 발상이라고 덧붙인다. 하지만 그것들을 선별하여 우리 것으로 받아 들여야지, 우리말이 더 좋은데 구태여 외래어를 만들어 언어생활에 혼란을 주면 안 된다. 특히 언론기관이 외국어를 너무 많이 사용하고 있다는 점도, 사실상 잘못된 일이다. 또한 다문화 가족들도 한국말을 배우는 데 외래어가 섞여 있어서 애를 먹는다고 넋두리를 한다. 만일 세종대왕께서 이런 사회현상을 본다면, 가슴 치며 통탄할 것이다.

외국어 남용으로 인하여 우리말과 글이 훼손되고 있는 현실을 그대로 방치한다면 언젠가는 아름다운 우리언어가 무덤 속으로 들어갈 날도 멀지 않다. 더 늦기 전에 정부당국은 후손들이 고유의 한글문화를 잘 지켜나가도록 특단의 대책을 세워야 할 때다. (2014. 12. 8.)

'땅콩 회항'보다
'증오 회항'이 더 무섭다

조현아 전 대한항공 부사장이 지난 5일 뉴욕발 인천행 대한항공 여객기(KE086)에서 견과류 서비스에 문제가 있다며 박 사무장에게 고성과 폭언을 하고, 이륙을 위해 활주로로 향하던 비행기를 후진시켜 사무장을 내리게 했다. 이게 이른바 '땅콩회항' 사건 개요다.

이와 관련 거센 비판이 쏟아져 급기야 조양호 회장은 "제 여식의 어리석은 행동으로 큰 물의를 일으킨 데 대해 진심으로 사죄드립니다. 대한항공 회장으로서 또한 조현아의 아비로서 국민 여러분의 너그러운 용서를 다시 한 번 바랍니다. 저를 나무라 주십시오. 저의 잘못입니다"라고 했다.

이처럼 진정성 있는 대국민 사과를 고개 숙여 정중하게 했다. 아울러 조 씨를 대한항공 부사장직은 물론 계열사 등기이사와 계열사 대표 등 그룹 내 모든 자리에서 물러나도록 하겠다고 약속했다. 하지만 조 씨에 대한 언론의 뭇매질이 2주 넘게 이어지고 있다. 사실상 우리 국민은 무덤덤하고 별로 관심이 없어 보이는데, 언론은 국민 여론을 앞세워

마녀사냥 하는 것처럼 뜨겁게 달군다.

더욱이 종편방송은 한술 더 떠 난리법석이다. 일각에선 요사이 언론의 무분별한 보도행태에 대해 심각한 우려를 금할 수 없다고 지적한다. 한때 우리 사회는 부자에 대한 증오현상이 있었다. 비싼 차를 보면 발길질을 한다든지, 돌을 던져 흠을 냈다. 이렇듯 '땅콩회항'보다 '증오회항'이 더 무섭다고 입을 모은다.

한편 오너(Owner)가 자신의 기업을 경영하는 데 있어 직원들에 대한 근무감독 방법은 다양하다. 상사의 업무지시가 바로 침투되지 않으면 화도 낼 수 있고, 고성이 나올 수도 있지 않는가. 대한항공사측은 특히 승객안전을 위해 직원 감독이 남다를 것이다. 하지만 이번 사건을 한쪽만 보고 왈가왈부해선 안 된다. 조 씨가 상사로서 승객서비스 문제를 가지고 부하에 대한 질타이지, 국민에게 직접 피해를 준 사건은 아니다. 그럼에도 불구하고 한 사람의 인격만 일방적으로 폄하하는 것은 보도의 공정성을 상실했다고 본다. 아직도 국민들 기억에 생생한 희대의 살인마 유영철에게도 피의자 권리를 보호한다는 구실로 마스크를 쓰게 하고 모자를 꾹 눌러 쓴 채로 얼굴마저 감춰주더니, 조 씨는 국토부와 검찰에 나가 조사받는 피의자 신분인데 민낯을 공개했다. 심지어 조 씨가 입은 옷까지 명품이니, 고가니 시비를 거는 것도 도가 지나치다. 이런 식의 인격살인은 문제가 없다고 보는가. 또한 조 씨는 파렴치범도 아니고, 엽기적인 살인범도 아니지 않는가.

이처럼 사회적 논란거리로 확대 재생산하는지는 예사로운 일이 아니다. 이런 모습이 언론 권력의 횡포로 국민의 눈에 비쳐지면 곤란하다. 뿐만 아니라 조 씨가 재벌가의 딸이라는 이유로 짓뭉개고 모멸감을 주는 것은 성숙한 민주사회의 지성적 태도가 아니다. 죽을죄를 지고도 사죄하면 용서하고 포용해 주는 게 우리 민족의 정서다. 이쯤에서 선동수준의 비판은 자제되길 바란다.

필자가 대한항공사 비행기로 중국 여행을 갈 때마다 여승무원들로부터 기내의 따뜻한 식사 제공과 친절한 서비스에 뭉클한 감동을 받았다. 또 지금껏 불행한 사고가 한 건도 없다는 것은 경영 주체들이 직접 나서 세심하게 챙기기 때문이다. 실제로 경영주 입장에서는 조직 관리를 위해서 늘 직원들한테 달콤한 칭찬만이 능사가 아니다. 때로는 상사의 추상같은 호령이 필요한 것도 직원들의 기강해이를 막고 사고를 미연에 방지할 수 있는 일이다.

국민 대다수가 아쉬운 점은 언론기관이 우리 기업의 내부 이슈를 침소봉대시켜 지구촌에 흘리는 바람에, 세계 유수의 언론들까지 가세하여 국제적으로 조롱을 받게 되고 불매 운동을 한단다. 결국 누워서 침뱉는 격이 되고 말았다. 이제 그만 비판을 접고 대한항공사를 세계적인 기업으로 키우기 위해 경영 주체가 흘린 피눈물도 함께 보았으면 한다. (2014. 12. 7.)

새해에 우리 사회가
안녕해지길…

2014년에 잇따른 사건사고로 긴장과 불안의 연속이었다. 그야말로 다사다난한 한해였다. 돌이켜보면 그중 가장 큰 비극은 '세월호 참사'다. 이로 인해 온 국민이 허탈과 분노에 빠졌다. 생떼 같은 자식을 눈앞에서 잃은 부모들은 아직 눈물이 멈추지 않는다. 국가 재난의 상징적인 이 선장과 해경 망신을 시킨 김 정장이 침몰현장을 지혜롭게 대처했더라면 인명피해를 크게 줄이거나 전원 구조할 수 있었다. 그들은 법정에서도 책임회피에 급급했다. 차라리 잘못을 뉘우치고 용서를 빌었더라면 일말의 동정심이라도 샀을 것이다.

한편으로 슬픔과 고통을 겪는 유족 가슴에 대못박은 철없는 일베 회원들과 몇몇 정치인의 막말도 등장했다. 그들에게는 남의 불행이 자신에게 행복이 됐을까. 참으로 통탄스러웠다. 하지만 비싼 대가의 교훈을 망각한다면 또다시 동일한 비극이 반복될 것이다.

이뿐만 아니라 이전에 볼 수 없었던 사회 저명인사와 고위 지휘관을 고소한 새로운 풍속도가 생겨났다. 과거 법무부장관을 지낸 P 씨와 검찰총장을 지낸 S 씨한테 성추행을 당했다고 고소한 겁 없는 20대 여성들의 반란이 무섭다. 또 부하 여군을 한 번 껴안았다는 이유로 모 사단장이 구속됐다. 이러한 일탈행위는 국민들께 큰 충격을 던져주었다.

하지만 고소만이 문제해결의 최선의 방법이고 능사일까. 실제로 국가를 위해 봉사한 보람도 없이 소중한 명예가 일순간에 추락해 버린 것도 안타까운 일이다. 아마 그들도 뒤늦게 살벌해진 세태를 깊이 인식했을 것이다. 특히 종복으로 지탄받고 있는 황모 씨가 박 대통령을 '명예훼손과 직권남용'으로 고소한 사실이 왠지 우울하게 만든다. 소영웅주의적인 치기어린 발상이 아닌지 그의 속마음을 알길 없지만, 아무튼 그 귀추가 주목되고 있다. 또한 일각에서는 툭하면 고발하는 극우세력들 또한 만인의 손가락질을 받고 있다.

이처럼 고소고발을 좋아하는 일그러진 사회상을 보면 심각히 우려스럽다. 서로가 물고 물리는 악순환으로 불신과 갈등을 증폭시켜, 적개심만 부풀어가면 사회 분열을 자초하게 된다.

어디 그뿐인가. 정치인들의 저급하고 품격 없는 막말은 정치 혐오를 덧칠하는 원인이 되고 있다. 윤리의식 없고 함량이 부족한 사람들을 우리 손으로 뽑아서 국회로 보낸 것 자체가 부끄러운 일이다. 옛말에는 잘못된 말 한마디가 재앙을 불러 온다더니 지금은 출세와 유명세를 타고 있으니 이게 비정상의 정상일까. 헷갈리게 한다.

최근 엽기적인 살인사건은 언제 내 자신이 당할지도 모른다는 불안감을 떨쳐버릴 수 없다. 수원에서 박춘봉은 동거녀를 목 졸라 죽여, 그 시신을 조각내 산자락에 뿌리고, 인천에서는 정형근이 평소 알고지낸 70대 할머니를 둔기로 머리를 치고, 칼로 5곳을 자상하여 여행용가방에 시신을 담아 길가에 내다버렸으며, 금산에서는 95억의 보험금을 노리고 만삭된 캄보디아 출신 20대 아내를 교통사고로 위장해 살해한 비정한 40대 남편 이모 씨의 잔인성에 경악을 금치 못한다. 이런 인간 말종들과 같은 하늘을 이고 산다는 게 치욕스럽다. 따라서 이제부터 사형집행을 서두를 때다.

다른 한편으로는 우리 경제가 오랫동안 침체의 늪에서 빠져나오지 못한 상황에서 자영업자들은 갈수록 장사가 안 된다는 볼멘소리가 터져 나온다. 서민들의 삶도 고달프다며 한숨소리가 깊어간다.

새해는 창조경제가 더욱 탄력을 받아 가계의 주름살이 활짝 펴지고, 여야 정치인들도 소모적인 논쟁보다는 국가 발전을 위해 노력하는 모습을 보여주었으면 한다. 또 강력범죄, 안전사고 등 철저한 예방으로 우리 사회가 안녕해지길 간절히 소망한다. (2014. 12. 31.)

영화 '국제시장'에 대한 단상

최근 극장가에서 돌풍을 일으키고 있는 영화 '국제시장'을 새해 첫날, 부평 롯데시네마에서 아내와 함께 관람했다. 관계자의 말에 의하면 전날도 관객들이 북새통을 이뤘다고 한다.

영화를 관람하는 동안 아내의 어깨가 들썩거렸다. 그녀가 21세 나이로 낯설고 물선 이국땅에서 어렵고 힘든 일을 했기 때문에 감회가 남달랐을 것이다. 필자는 이산가족 상봉 장면에서는 참으려던 눈물을 훔쳐냈다. 지난해 본 영화 '명량'보다 가슴이 더 뭉클했다.

이미 여당 김무성 대표는 "정말 참 험난한 인생을 살아오시면서 가정을 지키고, 나라를 지키고, 이렇게 해서 (대한민국의) 오늘날이 있다는 것을, 젊은 사람들이 좀 잘 알아주시길 바란다"라고 관람소감을 내놓았고, 야당 문재인 의원은 "젊은 사람들이 이 영화를 좀 많이 보고, 부모 세대를 좀 더 이해하는 그런 계기가 되면 좋겠다"고 견해를 피력했다.

혹자는 말하기를 '故 박정희 대통령의 향수를 자극한 영화'라고 의미를 부여하고, 또 다른 사람은 '우리 현대사를 압축해 놓은 역사의 이야기'라는 주장을 폈다. 둘 다 틀린 주장은 아니다. 사실상 이 영화의 맥락은 '한국전쟁과 흥남철수, 파독 광부 및 간호사, 베트남 전쟁, 이산가족 찾기 생방송' 등으로 나눠 구성됐다. 주인공 덕수가 한국 현대사를 온몸으로 겪는 삶을 통해 '부모세대'의 역경과 고난을 고스란히 담고 있다. 더불어 그들의 피땀 흘린 노력과 희생을 엿볼 수 있다.

이런 배경 뒤에는 한국의 '건설영웅'이라고 불려지는 고 박정희 대통령의 확고한 정치철학과 탁월한 경제정책이 없었더라면 한국의 풍요는 그림 속의 떡이었을 것이다. 과거 일부 비판세력들까지도 고 박 대통령의 경제 발전의 공을 인정하고, 이미 긍정적인 평가를 내렸다.

영화 '국제시장'에서 보듯이 우리나라가 동족상잔의 6·25전쟁으로 인해 황폐화된 폐허를 딛고 짧은 시간에 세계 제10위의 경제대국 반열에 올려놓은 밑바탕에는 광부와 간호사, 베트남 참전용사 등이 한 푼이라도 악착같이 모아서 고국의 부모에게 보냈고, 게다가 '시련은 있어도 실패는 없다'는 신념으로 한국 경제 신화를 일구어 낸 정주영 회장의 개척정신으로, 중동에 진출한 현대건설의 외화벌이를 빼놓을 수 없다. 이런 일련의 과정을 거치면서 당시 산업화를 촉진시키는 경부고속도로(1970 완공)를 건설하여, 우리 경제가 탄력을 받게 된 것은 주지의 사실이다. 특히 고 박 대통령께서는 '잘 살아보세'라는 구호 아래 '새마을 운동'을 전개하면서도 또 한편 공직자의 부정부패를 척결하였고, 국민에게는 꿈과 희망의 메시지를 주었기에 신명나게 일할 수가 있었다. 그래서 숙명처럼 여겼던 가난의 대물림을 끊게 된 것이다.

이처럼 이른바 '한강의 기적'을 만들어 낸 것을 보고 세계가 놀라워했고, 개발도상국에서는 자국의 경제 모델로 삼기 위해 '새마을 정신'을 배우려 한국을 넘나들고 있다. 이러한 '한강의 기적'이 어느 날 갑자기

하늘에서 '뚝' 떨어진 게 아니라는 것을 젊은 세대들은 알아야 하고, 특히 정치인들은 고 박 대통령의 진정한 애국애족심을 배웠으면 한다.

한편으로 경기침체가 장기화되어 가고 있는 가운데 국가 빚은 천문학적인 규모로 늘어나고, 덩달아 가계부채는 눈덩이처럼 커져가면서 서민들의 생계마저 위협받고 있다. 하지만 미래의 희망은 보인다. 이제 아버지세대의 경험과 아들세대의 에너지를 합쳐서 '제2의 경제 도약'을 달성해야 한다. 우리는 그 해답을 영화 '국제시장'에서 찾아야 한다. (2015. 1. 23.)

어버이날에 대한 소고

1956년 국무회의에서 5월 8일을 '어머니날'로 정했다가 1973년부터 '어버이날'로 개명했다.

해마다 어버이날이 돌아오면, 지척에 사는 자식들은 부모님을 찾아가 붉은 카네이션을 가슴에 달아주고, 오래오래 건강하게 살아달라고 위로해 드린다. 그러면 마치 어린아이처럼 좋아하시는 것을 보면 콧등이 시큰해질 것이다. 50~60대 세대의 부모님들은 나이가 70~80세 이상 되었기 때문에, 아픈 데가 없더라도 수수깡처럼 마른 노약한 모습이 애처롭다.

요즘 세태는 고령인 부모들은 자식에게 폐를 끼친다며 함께 사는 게 불편하다고 말씀하신다. 더욱이 거동하기가 힘들고, 몸이 아프면 요양원이나 요양병원을 자청하여 들어가신다. 그곳에서 남은 생을 아들딸과 손자들을 애타게 그리워하면서 외롭게 보낸다. 이렇다보니 부모와 자식 간에도 끈끈한 연대감과 효정신이 희박해져감은 안타까운 일이다.

누구든지 50~60 이상 나이에 이르면 심신이 지치고 허약해지며 경제적으로 쪼들린다. 자식들의 대학, 취업, 결혼 등 갈등과 고민이 깊어지고, 또 모친께 찾아온 갱년기로 인한 우울증도 겹칠 때다. 누구나가 이런 삶의 사이클을 비켜갈 수는 없지 않는가. 그래서일까. 노부모님에 대한 관심이 부지불식간에 소홀해진 점에 깊은 성찰이 필요하다. 하지만 부모에 대한 효도는 천륜이며 만고불변의 소중한 가치다.

초등학교 시절 '어머니의 날' 단원에서 부모님 은혜는 "산보다 높고, 바다보다 깊다"고 배웠다. 돌이켜보면 어버이께서는 자식들을 애지중지하시며, 잘 먹는 것을 보고도 배불러했다.

결혼 후에도 고향집에 갔다가 떠나올 때, 농사지은 이것저것을 싸주시면서 "차 조심하라"며 신신당부하신다. 또한 뱃머리에서 장승처럼 서서 눈앞에서 멀어질 때까지 바라보다 발걸음을 옮기신다. 이처럼 자식에 대한 사랑은 한결같다. 그래서 '부모는 자식에게 온 효도를 하지만 자식은 반 효도밖에 못한다'는 속담이 만들어진 것 같다.

한편 우리나라가 산업사회로 들어서면서 경쟁심에 매몰되고 핵가족화되면서 과거 농경사회에 뿌리내린 전통적인 관습인 효도정신이 잠시 자식들 가슴에서 떠났다. 그렇지만 이 세상에서 가장 위대한 존재는 부모님이기에 살아계실 때 섬기는 것을 일상의 즐거움으로 여기게 되면 효(孝)문화가 절로 되살아날 것이다. 실제로 자식을 낳고 길러봐야 부모의 은덕이 하늘보다 크다는 것을 뒤늦게 알게 된다.

다른 한편 젊은이들 결혼적령기가 늦어짐에 따라 부모들은 이순(耳順)이 넘어서도 재취업 전선에 뛰어들어, 자식 뒷바라지를 위해 허드렛일도 마다하지 않는다. 이게 우리 부모님들의 고달픈 자화상이다. 현실적으로 효도란 거창하고 힘든 일이 아니다. "아버지 어머니, 사랑합니다"라는 말 한마디도 효도가 된다.

올해 어버이날에는 온 가족이 모여 '어머니 은혜' 노래를 불러보면서 부모님한테 내 자신이 불효는 않는지 깊이 되새겨보는 계기가 되길 소망한다.

낳실제 괴로움 다 잊으시고 / 기를제 밤낮으로 애쓰는 마음 / 진자리 마른자리 갈아 뉘시며 / 손발이 다 닳도록 고생하시네 / 하늘아래 그 무엇이 넓다 하리오 / 어머님의 희생은 가이없어라. (2014. 5. 9.)

제주 해저고속열차터널 건설은
국민의 희망

　지난해 8월 C일보를 통해 '포스코건설이 제주 가는 해저고속열차, 일명 JTX 사업을 민간투자 방식으로 검토하고 있다'는 제하의 글이 대서특필되자, 온 국민이 설렘과 기대감으로 충만했었다. 기사내용은 전라남도~제주 간 85km 구간 성사 시 서울에서 제주까지 직통으로 2시간 28분에 갈 수 있어 제주도가 1일 생활권이 될 것이고, 급증하는 관광객 유치로 경제적인 효과가 크고, 공사비는 16조 원이 소요되며, 기간은 10년 걸린다는 것이다. 이와 관련 이낙연 전남지사는 "국가 어젠다로 적극 추진하자"는 반응이고, 반면 원희룡 제주지사는 '신공항이 우선'이라는 입장을 보였다.

　한 달 뒤에 제주대 건축학부 K모 교수는 K신문(9월 3일)에 '제주~호남 해저고속전철 득보다 실'이란 제목의 글에 세 가지 문제점을 내세워 반대 주장하는 것을 읽고 당혹감을 감출 수 없었다. 그의 논리는 상당히 편협한 사고방식으로 접근됐고, 눈앞의 단편적인 현상에만 사로잡혀있어 매우 설득력이 떨어졌다. 지금은 낯설고 꿈만 같은 이야기로 들릴지 모르지만, 전문가들은 기술적으로 가능하고 건설의 당위성에 대해 관심과 지지를 보내고 있다. 또한 제주도는 그곳에 사는 사람들의 소유만이 아니라 한국 땅이고 온 국민의 것이다. 사실상 수도권과 교류가 활발하면 더욱 발전하기 때문에 반대할 명분이 없다고 본다. 따라서 필자는 K 교수의 주장에 대해 반론을 제기하고자 한다.

첫째, "전라남도는 제주도민의 여론을 간과했고, 일방적인 제안에 지나지 않는다"고 했다. 실지로 이런 대규모 사업에 대해 포스코건설에서 이미 타당성 조사를 마치고 경제성이 있다고 판단돼, 국토건설부에 건의함으로써 건설 의지 여부는 중앙정부가 결정할 사안으로, 지방정부서 가타부타할 성질의 것이 아니라고 본다. 또한 전남지사는 '국가 어젠다로 추진하자'고 밝혔을 뿐인데, 이를 곡해하고 비약시켜 전남에서 일방적인 제안이라고 주장한 것은 오해의 소지가 있음을 지적하지 않을 수 없다. 이런 국책사업은 국익에 도움이 되고, 국민 삶의 질을 향상시킬 수 있기 때문에 정부 주도하에 국책사업으로 지금 당장 추진해도 빠르지 않다.

둘째, "해저고속열차터널 건설은 공사비가 최대 20조 813억 원이 소요되고 사업기간이 12년이나 예측됨으로, 우선 제주 신공항 건설이 경제적이고 효율적이라고 했다." MB정권 때 22억 원이 들어간 4대강 토목공사를 단기간에 완공했다. 대통령 치적을 위해 '속빈 강정 사업'도 국민 동의 없이 강행했다. 정치권 일각에선 혈세를 빨아들이는 블랙홀이라고 비판하면서 '국조실시'를 여야 합의해 놓은 상태다. 이런 사업에 비교하면 못할 이유가 없다. 오히려 장기간에 걸친 공사는 고용창출과 경제 활성화를 불러와 침체된 경기 회복에도 영향을 주어 국가 발전의 추동력으로 작용할 것이다. 한편으로 국토교통부에 의하면 제주 신공항 공사비는 14조 원이 든다고 했다. 또한 드넓은 면적 확보가 필요하고, 해마다 태풍과 폭설 등으로 인해 비행기 결항사태가 자주 발생하여 관광객한테 큰 불편을 주고 있지 않는가. 그러나 해저고속열 차는 이런 단점을 보완해 줄 것이다. 신공항 건설은 이중적인 낭비이 고, 국부 유출을 자초하게 될 것이다.

셋째, "제주도는 유네스코에 의해 세계지질공원, 세계자연 유산으로 등재된 지역으로, 자연환경 파괴와 환경 부담 증가로 오히려 반사적인 이익은 호남이 크다는 것이다." 중국 만리장성에는 하루에 수많은 인 파가 장사진을 이루어 엄청난 관광수입을 얻어 자국 경제에도 큰 보탬 을 주고 있다. 뿐만 아니라 전국에 흩어져 있는 명승고적을 모두 개방 시키고 있음에도 환경을 파괴시킨다는 비판은 나오지 않는다. 또한 우 리 환경단체도 침묵하고 있는 것은 국익에 커다란 도움이 된다는 사실 을 알기 때문일 것이다. 사실상 배타적이고 이기적인 감정에 치우치게 되면 결국 고립되고 피해를 보는 것은 불 보듯 뻔하다. 또 전남지역은 거쳐 가는 곳인데 왜 반사적인 이익을 볼 수 있다는 것인지, 그의 주장 은 보편적인 견해를 일탈한 억측으로 마치 '장님 코끼리 만지는 식'의 단견에 불과하다.

결론적으로 머지않은 장래에 하나가 될 한반도는 유라시아와 철도가 연결되어 수많은 물류를 이동시키게 될 것이다. 알다시피 기름도 한 방울 나지 않고, 그 외에 부존자원이 하나도 없는 우리나라의 미래 수 입원은 관광수입과 신상품을 만들어 외국에 수출하는 길밖에 없다. 그 뿐만 아니라 '제주 해저고속열차터널'이 완공되면 수도권에서 사는 사 람들도 어느 때든지 그곳에 가서 물 좋은 생선도 맛있게 먹고, 천혜의 자연경관을 감상하면 일상생활과 직장에서 쌓인 스트레스를 풀게 되고, 삶의 에너지도 충전될 수 있다.

　또한 제주 도민한테 지금껏 섬사람이란 비하적인 속어도 사라질 것이고, 실제로 제주 사람들이 가장 큰 혜택을 받을 수 있을 것이다. 따라서 제주도가 명실상부한 국제무역도시로 발전하고, 풍요로운 고장이 되려면 '신공항 건설'보다는 '해저고속열차터널 건설'이라고 확신한다. (2015. 2. 9.)

중국에 대한
올바른 인식과 태도

    중국대륙은 오랜 세월동안 한반도와 밀접한 관계를 유지해 오다가 1949년부터 한동안 끊겼다. 그러다가 1992년에 수교가 되면서 양국이 윈윈 효과를 톡톡히 보고 있다. 현재 국내의 중국 유학생이 6만 명에 이르고, 한국 젊은이도 6만 3천명이 중국에서 공부를 하고 있다.

    한편 중국과 막혔던 길이 트이면서 이른바 조선족들은 그들의 할아버지 또는 아버지 조국이 살기가 좋다는 생각이 들어 무려 50만 명 이상 한국 국적을 취득하여 함께 살고 있다. 더불어 불법 체류자도 5만 명이 넘어섰다. 그뿐만 아니다. 2011년부터 제주도는 외국인 투자 유치 촉진을 위해 한화 5억 원 이상 휴양형 콘도미니엄 등을 매입한 외국인에 한해 5년간 거주 비자를 주고, 이후에는 영주권(가족 포함)을 주는 제도를 시행함으로써 중국인이 제주 땅을 여의도 면적만큼이나 사들였다.

    게다가 고급 콘도 반 이상을 매입해 현재 462가구가 입주해 6,407명이 거주하고 있다. 올 1월 포스코건설은 인천 송도 아파트를 중국인 투자자 2세대와 가계약을 체결했다. 이어서 중국인들에게 송도 투자를 적극 홍보할 계획이 세워져 가까운 장래 인천에도 중국인 마을이 형성될 것으로 예상된다.

이처럼 정부당국은 경제를 활성화시킬 방안으로 외국인에게 혜택을 주어 오랫동안 침체된 경기 회복에 안간힘을 쓰고 있는데도 제자리걸음만 하고 있어 국민들은 답답하다. 하지만 경제 회복은 정부만이 할 일은 아니다. 국민도 함께 동참해야 문제해결이 빠를 것이다.

어느 보수언론에서는 생뚱맞게 중국인이 대거 몰려온다고 우려하는 기사를 가끔씩 내보내고 있다. 또 일각에서도 중국인에 대해 경계하는 심리가 묻어난다. 그 이유는 잠재적인 피해의식 때문이 아닐까. 하지만 지구촌 시대를 맞이하여 이런 생각은 기우에 불과하고, 매우 배타적이며 편협한 발상이다.

조선 말 흥선대원군의 쇄국정책으로 인해 우리 민족은 이미 뼈아픈 경험을 했고, 오늘날 선진국은 거의 다문화사회다. 중국도 등소평 주석이 빗장을 열고 '개혁개방'의 길로 나섬으로써 1978년부터 2005년까지 27년 동안 연평균 9.7% 상승 기록을 세웠다. 이렇듯 정부당국도 외국 기업을 더욱 적극적으로 유치하고, 더불어 투자 활성화를 막는 규제를 과감하게 풀어야 한다.

다른 한편 관광산업의 발전을 위한 노력과 관광객 유치에도 발 벗고 나서야 한다. 지난해 소비성향이 높아진 중국 요우커 612만 명이 한국을 찾아와 뿌리고 간 돈은 자그마치 18조 6천억 원이다. 이런 수입은 자동차 70만 대를 수출한 수준과 같다고 한다. 그뿐만 아니다. 올 춘절 연휴동안 요우커 12만 명이 찾아와서 서울 시내 호텔들은 즐거운 비명을 지른바 있다. 하지만 일부는 호텔예약을 못하고 일본으로 발길을 돌렸다.

최근 영국에서도 중국 요우커 유치를 위해 팔을 걷어붙이고 있다. 해마다 중국 요우커가 뚜렷하게 증가하고 있는데 관련업계에선 준비 부족으로 '많이 와도 걱정'이라고 푸념만 할 게 아니라, 발 빠른 대처로 제 발로 굴러 들어온 복덩어리를 놓쳐서는 안 된다.

사실상 경제 활성화를 위해 국내에 공장 몇 개를 더 지어 고용을 창출하는 것보다는, 관광수입에 집중하는 것도 나라경제에 유익하다. 그런데 흥미로운 일은 중국 여행을 다녀온 한국인은 매우 부정적인 평가다. 물론 문화 차이에서 온 이해 부족과 무지로 여겨진다. 반면 국내 중국 유학생들이 불만스런 점은 한국인들이 자신들을 서양인과 차별하는 언행과 태도로 무시할 때라고 한다. 또 중국에 대한 한국 언론 보도와 양국의 역사 인식 차이 등이다. 이런 사유로 인해 그들은 반한 감정이 생긴다고 한다. 우리가 그들을 친한파는 아니라도, 지한파로는 만들 대책과 한국인의 그릇된 인식에 대한 개선이 필요하다.

알다시피 중국 면적은 남한의 100배가 되고, 14억의 인구를 가진 대국이다. 게다가 수많은 명승고적들이 도처에 산재해 있고, 가장 많은 부존자원과 세계 최대 외환 보유국으로서 일본을 밀어내고 세계 2위 경제대국으로 자리매김하고 있다.

어디 그뿐인가. 특히 최첨단 기술인 우주과학 분야에도 아직은 미국이나 러시아에 비해 못 미치는 수준이나, 짧은 기간 동안에 놀라운 성과를 이룬 것이 틀림없다. 중국은 더 이상 '저렴한 노동력을 제공하는 생산기지'가 아니다. 아직도 중국을 한국의 상품을 모방하는 '짝퉁 천국'으로만 인식하면 곤란하다. 지금 중국은 막강한 자본력과 세계 최고 수준의 인재, 정부의 무한한 지원을 바탕으로 무서운 속도로 발전하고 있다.

이런 팩트를 뒷받침하듯 얼마 전 미국의 경영전문지 〈패스트 컴퍼니〉가 선정한 2015년 50대 글로벌 혁신기업을 소개하면서 중국 기업들이 "이제 모방의 기술을 넘어 '혁신'을 선도하는 상징으로 떠올랐다"며 한국 대표기업 삼성을 앞질렀다는 것이다.

아울러 '탁월한 기술과 아이디어'로 세계시장을 빠르게 석권하고 있다고 분석했다. 실제로 중국은 더 이상 '잠자는 호랑이'가 아닌 '깨어난 사자'라는 말이 실감난다. 향후 한국 기업은 경쟁기업보다 품질과 디자인 등 제품을 특화하고 고급화 및 차별화시켜야 세계시장에서 살아남을 수 있을 것이다. (2015. 3. 3.)

정의가 넘치는 세상,
불의가 판치는 세상

얼마 전 인터넷을 통해 한편의 단편영화를 보고 진한 감동을 받았다. 2001년 부산국제영화제에서 이미 상영된 바 있는 영화 '버스 44'는 대만계 미국인 다이안 잉(중국명 伍仕賢) 감독이 실화를 바탕으로 제작했다. 상영시간은 고작 10분 남짓이다. 하지만 짧은 내용이 우리 사회에 던져주는 메시지가 작지 않다. 그래서일까. 필자의 가슴에 긴 여운이 남아 있어 소개해 본다.

이 영화의 스토리 라인을 요약해 보면 이렇다.

어느 시골 버스에 승차한 두 명의 남자가 강도로 돌변해 승객들을 칼로 위협하여 돈을 빼앗고, 또 버스 여성 운전사를 길가 숲속으로 끌고 간다. 하지만 버스 안 여러 승객들이 외면하고 있는 가운데, 그중 한 명의 남자가 강도들의 악행을 제지하려 했지만, 되레 주먹으로 얻어맞고 휘둘린 칼에 다리에 상처를 입고 쓰러진다. 급기야 여성 운전자는 성폭행을 당하고 만다. 그녀는 버스로 돌아와 뺨에 흘러 내린 피를 훔치면서 침묵하고 방관한 승객들을 차가운 시선으로 바라본 뒤, 운전

석에 앉아서 어깨를 들썩이며 원망에 찬 울음을 운다. 그때 자신을 도우려다 다친 남자가 절뚝이면서 걸어와 승차하려고 하자, 그녀는 화를 내며 차문을 닫고 그의 가방마저 차창 밖으로 던져 버린다. 그 남자는 억울하다고 항의했으나, 아랑곳하지 않고 길가에 남겨 둔 채, 버스는 떠나고 만다. 몇 분 뒤에 여성 운전사는 불의에 침묵하고 방관한 승객들과 함께 버스를 절벽으로 추락시켜 전원 죽게 한다.

한마디로 '행동하지 않는 양심'을 고발하는 영화다.

필자는 여성 운전자의 이런 끔찍스런 행위에 비호할 생각은 추호도 없으나 일말의 동정심은 간다. 그러나 무기력하고 정의감이 없는 나약한 승객들의 태도에는 실망과 분노를 금치 못한다. 두 명의 강도에 대해 여러 승객들이 협력하여 강력하게 저항했더라면 그들은 겁을 먹고 뜻을 포기한 채 도주했을 것이다. 섬뜩한 이 영화가 주는 교훈은 명백하다.

한편 우리 사회는 '버스 44'의 승객과는 달리 불의를 증오하면서, 정의를 위해 고민하고 실천하는 풍토인가, 곰곰이 되새겨 봐야 한다.

과거 한때 '정의사회구현'이 정부의 국정 목표가 된 때도 있었다. 하지만 그 성과에 대해선 평가가 인색하다. 인간의 삶 속에서 정의의 가치는 소중하다. 만일 사회 정의가 실종되면 불의를 응징할 능력을 잃어버리게 된다. 따라서 시민들의 불타는 정의감과 의로운 분노는 국가 사회 발전의 원동력이 된다. 흔히 인구에 회자되는 정의와 불의란 무엇인가. 사전적 의미의 전자는 '사람으로서 지켜야 할 바른 도리'이고, 후자는 '정의롭지 못하고 도리에 어긋남'으로 규정되어 있다. 사실상 정의와 불의는 동전의 양면처럼 늘 함께 존재한다.

그런데 지금 시대는 정의감에 불타는 사람은 늘 피해를 보기 때문에 불의를 보고도 '침묵하고 참는 게 약이다'는 인식이 깊이 배어 있는 것 같다. 이처럼 사회 정의에 대한 감각이 무뎌진 굳은살이 되어선 안 된다.

또한 더 큰 문제는 내가 하는 것은 정의고, 상대방이 하는 것은 불의라는 '내로남불'의 사고방식이다. 한 발 더나가 이미 우리 사회는 진영논리에 익숙해졌다. '같은 편'이 하는 일이 심각한 문제가 있어도 무조건 옹호하고, '다른 편'이 하는 일이 아무리 효과적이고 좋다 하여도 무조건 비판하고 반대하는 입장이다. 이렇게 되면 정의가 불의로 바뀔 수도 있고, 불의가 정의로 둔갑할 수도 있지 않은가.

대부분의 사람들은 불의는 그냥 나쁘다는 편의적인 인식 수준에 머물러있는 것 같다. 하지만 우리 국민이 진영논리만 집착하면 외눈박이가 되어 정확한 판단마저 어렵게 만들고, 자신의 가치관과 신념, 양심 따위는 버리게 된다. 실제로 진영논리의 고정관념을 깨면 새롭게 변화할 수 있다.

한편 정의가 넘치는 세상은 상식이 통하고 공정하며, 준법정신이 함양되어 부정부패와 권력형 비리가 뿌리를 내리지 못한다. 또한 서민의 삶은 안정되고, 시민의식이 성숙된다.

다른 한편 불의가 판치는 세상은 원칙이 실종되고 반칙이 난무하여, 강력범죄가 증가한다. 또 삶의 질이 추락하고, 사회적 갈등의 골은 깊어진다. 그뿐만 아니라 인권과 민주주의가 휘청거린다. 사실상 삶 속에서 정의는 디딤돌이고, 불의는 걸림돌이다. 만일 불의가 정의의 발목을 잡게 되면 그 사회는 병들 것이다.

우리 민족의 영웅 안중근 의사께서는 "옳은 일을 짓밟는 것을 보거든 정의를 생각하고, 위기에 있는 사람을 보거든 구해줄 마음을 가져라. 그리고 나라가 위태로울 때는 목숨을 던져 나라를 바로 잡는 데 힘쓰는 사람이 되라"고 말씀하셨다.

　자주 되새겨 볼 명언이다. 언제쯤 우리 사회에 정의가 강물처럼 도도히 흐르고, 행복이 들꽃처럼 만발하는 아름다운 세상이 펼쳐질까. 우리 국민들의 간절한 희망사항이다. (2015. 3. 18.)

부패 척결에 따른 국민 생각

우리 사회가 기가 빠지고, 활력을 잃어가는 분위기다. 국민이 꿈과 희망을 갖고 신명나게 일하는 삶보다는, 우울하고 절망해 가는 현실이다. 이처럼 차츰차츰 건강성을 잃어가고, 또 정치에 대해 불신과 무관심을 낳고 있다.

세간에는 '사자방'으로 인한 국부 유출로 경기 침체가 장기화되고 있다는 여론이 높다. 따라서 과거 정권 비리부패의 의혹이 눈덩이처럼 커져간다. 게다가 정부에선 텅 빈 나라 곳간을 채우기 위해 안간힘을 쓰고 있다. 지난해 연말정산 때 공직자의 유리지갑을 털어내어 그 일부를 충당하려 했지만, 강력한 반발에 부딪쳐 한 발짝 물러섰다.

향후 증세문제로 여야의 팽팽한 줄다리기가 예상되지만, 끝내 서민들 허리만 휘어질 것이다. 뭐 한 가지 똑 부러지게 해결되지 않고 난맥상만 한층 더 꼬여간다. 특히 과거정권이 '사자방' 사업으로 100조 원의 국부 손실로 인해 국민 대다수가 좌절과 상실감을 느낀단다. 단군이래 최대 규모의 혈세 낭비라고 한목소리를 내고 있다.

만일 수사 당국이 깃털만 뽑아내고 몸통들에게 면죄부를 준다면 국민들은 크게 화를 낼 것이다. 아울러 정부의 신뢰와 인기가 급격히 곤두박질칠 것이다. 오직 만회하는 길은 핵심 책임자에 대한 구속수사다. 하지만 뼈를 깎는 아픔 없이는 도로 아미타불이다. 지금껏 정부당국은 이런저런 처방을 해봐도 경기 회복 낌새를 못 느끼자 최후 수단으로 부패 척결의 도깨비 방망이를 꺼내 들었다.

이완구 총리께서는 취임 일성으로 '부패와의 전쟁'을 선포했다.

"사회 곳곳에 뿌리박고 있는 고질적인 적폐와 비리를 낱낱이 조사하고, 그 모든 진상을 철저히 규명해 엄벌할 것"이라고 대국민 담화를 통해 약속했다. 이런 조처에 온 국민이 기대감을 갖고 지지와 성원을 보내고 있다.

하지만 여당의 모 의원은 바로 기자들과 만나, 이완구 국무총리가 자원외교를 수사 대상으로 지목한 데 대해 강력히 반발하면서 비판했다. 한마디로 찬물을 끼얹는 돌출행동을 하고 나선 것이다. 이처럼 앞뒤가 안 맞는 황당한 주장에 국민들 가슴은 철렁 내려앉는다.

최근 검찰 수사에 의해 '사자방' 관련 부패의 속살이 적나라하게 드러나면서 해군 장성 6명 등이 줄줄이 구속되고 있는 상황인데도, 왜 그 자만이 혼자 눈감고, 귀 막고 있는 걸까. 그렇지 않으면 자신도 구린 게 있어서일까. 사실상 부패 척결은 사회 정의를 실현하고 침체된 경제를 회복시켜 선진국으로 가는 최선의 길이다. 그런데 이 총리의 애국적인 결단에 초를 치는 행위가 볼썽사납다고 지적한다.

과거 정권의 '사자방' 비리를 그냥 덮어두고 가자는 일부 정치세력들을 똑똑해진 국민들이 두 눈을 부릅뜨고 지켜보고 있다. 또한 현 정권이 속 시원한 수사 결과 없이 구렁이 담 넘어가듯 어물쩍 지나간다면 두고두고 비난받을 것이며, 역사에 큰 오점을 남길 것이다. 실제로 국익에 도움 되고 국민이 원하는 것이라면, 정부와 여야가 힘을 합쳐 반드시 털고 가야 한다. 따라서 여기에 연루된 자는 지위고하를 막론하고 그 책임을 반드시 물어야 한다는 게 '국민 생각'이다.

또 한편으로 오랫동안 공직사회가 사정의 무풍화로 부패구조를 심화시켰다. 공무원이 우월적인 지위를 악용해 치부하거나 개인적인 일탈행위도 엄벌해야 한다. 공직자는 단지 명예로 만족하고, 친절한 봉사정신으로 국민에 대한 섬김 문화가 정착돼야 한다. 어느 시대나 권력층과 사회지도층의 모럴 해저드(도덕적 해이)가 국가 발전에 장애가 되고, 국민들의 냉소와 반감을 유발하여 사회기강마저 해이된다.

한편으로 만시지탄감은 있지만, 박근혜 정부 3년차에 부패 척결 선언이 사회적인 관심과 이목을 집중시키고 있어, 그 귀추가 주목된다. 이른바 위기가 기회라는 말처럼 지금이 절호의 찬스다. 우리 속담에도 윗물이 맑아야 아랫물이 맑다고 했지 않는가. 공직사회가 투명해야 공무원이 존경받고 국가 권위가 확립된다.

중국 왕량의 "그 임금을 알고자 하면 먼저 그 신하를 보고, 그 사람을 알고자 하면 그 벗을 보고, 그 아버지를 알고자 하면 먼저 그 자식을 보라. 임금이 거룩하면 그 신하가 충성스럽고, 아버지가 인자하면 그 자식이 효성스럽다"는 명언은 시공을 뛰어넘어 우리 공직자들이 가슴에 묻어두고 그 뜻을 자주 되새겨 봄직하다.

며칠 전 박 대통령께서는 이 총리에게 "어떤 것에도 흔들리지 말고 부패 척결을 반드시 해 달라"고 주문했다. 또 "이번에야말로 비리의 뿌리를 찾아내서 그 뿌리가 움켜쥐고 있는 비리의 덩어리를 드러내야 한다"고 강한 의지를 밝혔다.

바라건대 부정부패 척결이 공허한 메아리가 되어서는 아니 된다. 이제 원칙과 상식이 통하고, 특권과 반칙이 없는 투명한 신뢰사회가 열리게 되면, 우리 국민도 수준 높은 문화의 향기와 여유가 묻어나는 풍요로운 삶을 만끽하게 될 것이다. (2015. 4. 1.)

전동차의 '노약자 석' 시비

얼마 전 전철을 타고 서울 가는 길이었다. 코앞에서 벌어진 자리다툼이 오래 전에 경험했던 똑같은 사례와 겹치는 순간 씁쓸했다.

'노약자 석'에 30대 중반의 젊은이가 앉아 있었다. 한 역을 지나자 머릿결이 희끗한 70대 노인이 오르더니 '노약자 석'에 낮짝 두껍게 앉아 있는 그에게 자리를 양보해 달라고 요구했다. 그는 싫다는 뜻을 침묵으로 대신했다. 노인은 재차 비켜달라고 하자 퉁명스런 말투로 "노약자의 좌석은 젊은이도 몸이 아프면 앉을 수 있다"라고 항변했다. 실제로 그는 환자로 보이진 않았다. 노인은 "젊은이가 예의 없이 어른 공경할 줄 모른다"며 버럭 화를 냈다. 그는 "아저씨가 뭔데 함부로 말을 하냐"며 대꾸했다. 시쳇말로 '싸가지 없는 녀석'이었다. 서로의 언성이 높아져 주위가 소란해졌는데도, 승객들은 냉소적인 무관심으로 일관했다. 끝내 두 사람은 주먹다짐으로 번질 일보 직전인데도 바라만 보고 있을 뿐, 아무도 만류한 사람이 없었다. 그때 필자가 젊은이를 향해 큰 소리로 "젊은이가 잘못 했어! 자리를 비켜드리는 게 도리지!"라고 다그

쳤더니 다행히도 먹혀들었다.

실로 나이 들어도 성깔은 늙지 않는다는 말처럼 노인들도 자신의 독선과 아집을 버리지 못한다. 그래도 필자가 개입해 가까스로 한바탕 소동은 방점을 찍었다.

옛 속담에도 '싸움은 말리고 흥정은 부치라'고 했지 않는가. 물론 누구나 전철을 이용하다보면 이런 불미스런 사례를 가끔 목격했을 것이다. 현대 사회는 기본예절도 모르는 일부 젊은 세대들이 어른들의 충고에도 반발하는 세태다. 자칫 잘못하면 남의 싸움에 공연히 끼어들었다가 오히려 망신과 봉변을 크게 당하기 일쑤다. 그래서 선뜻 남의 일에 나서지 않은 게 오늘의 현실이다. 그렇지만 불의에 침묵하고 공분할 줄 모른다면 성숙한 사회라고 말할 수가 있겠는가. 젊은이의 불손한 태도를 목격하고도 나와는 이해관계가 없다며 무관심과 구경거리로 여겨서는 안 된다.

그뿐만 아니다. 어떤 젊은이는 눈을 지그시 감고 잠자는 척 앉아 있기도 하고, 또한 사지 멀쩡한 사팔눈의 장애인도 앉아 있다. 이런 사례는 누구나 한번쯤은 경험이 있을 것이다. 그들은 거의가 가정교육을 받지 못했거나, 결손가정에서 성장했거나, 또는 유전적인 성격 결함을 지닌 반사회성을 지니고 있다.

한편 필자는 '노약자'를 '늙어서 기운이 쇠약해진 사람'이라고 개념 이해를 해왔다. 어느 날 국어사전을 펼쳐보니 "늙은이와 연약한 어린이, 늙은이와 병약한 사람, 늙어서 기운이 쇠약함"으로 기록돼 있다. 뜻이 다양하게 해석돼 있어 사실상 남녀노소를 막론하고 앉아 있어도 될 좌석이다. 일례를 들어 젊은이가 자신이 병약하여 노약자석에 앉아 있다고 거짓말을 해도 어쩔 수가 없는 노릇이다. 사실 철도 당국의 이상한 행정으로 분쟁의 소지를 만들어 놓았기에 싸움의 개연성은 잠재된 것이다.

가끔 '노약자 석'에는 새파란 술 취한 남녀가 앉아 있고, 그 앞에 노인이 손잡이를 잡고 서 있는 모습도 보았을 것이다. 우리나라 65세 이상 노인인구가 총 인구의 12%를 넘어서 고령사회로 진입해, 수도권에는 약 300만 명 이상의 노인이 거주하고 있다. 그럼에도 전철 한 차량마다 한 편 또는 양편에 '노약자 석'이 설치되어 한편에는 3인만 앉을 수가 있다. 이마저 '노약자 · 장애인 · 임산부 보호석'이란 노란 표찰 때문에 실제로 노인 전용석이 아니다. 철도 당국이 노인 공경에 대해 고민한 흔적이 전혀 보이지 않는다. '노약자 · 장애인 · 임산부 보호석'을 '노인 석'으로 표찰을 바꿔 붙여 놓아야 맞지 않는가. 70대 노인도 몸 관리 잘 하고 패션 감각이 뛰어난 분은 60대로 보인다. 그래서 이런 노인에게 자리를 양보하지 않는다.

어떤 분은 몸을 가누지 못한 노인들에게 "집에 계시지, 밖에는 왜 나오느냐?" 하며 노골적으로 노인 폄훼 발언을 하고, 짜증을 내는 사람도 있다. 실제로 일반석에 노인들이 앉아 있으면 눈총을 받는다. 또 옆에 앉으려 하지 않는다. 하지만 젊은 임신부에게는 좌석에 앉으라고 권하는 게 상례이다. 이때도 젊은이보다는 부모 같은 나이 든 분들이 자리에서 일어선다.

현대사회는 자기중심적이고 이기적 욕망으로 치닫고 있다. 따라서 남에게 양보하고 배려하지 않는 경향이 갈수록 심화되어 간다. 어느 시대나 노인 공경은 아름다운 덕목이다. 젊은이가 기세가 넘친다고 노인을 무시하고 힘을 과시한다면, 그건 동물의 세계나 다름없다. 특히 유교 문화권인 한국 사회가 노인 공경의 전통적인 풍속이 희박해지고,

시나브로 사라져가는 게 안타까운 일이다.

우리 사회가 급격히 산업화되면서 비도덕적이고 비양심적, 반인륜적인 끔찍한 사건사고가 잊을만하면 터진다. 아무리 빵이 넘쳐도 경로사상이 없는 세상을 문명국가라고 단정할 수는 없다. 또한 노인을 천시하고 홀대하면 젊은이들이 노후에 똑같은 전철을 밟게 될 것이다. 동서고금을 통해 노인들 공경은 만고불변의 인륜 도덕이다. (2015. 4. 14.)

제4부
여성의 삶,
어머니의 길

5월에 되새겨보는
어버이 은혜

"당신은 부모님께 효도하고 있는가?" 하고 묻는다면, 끄덕끄덕 고갯 방아를 찧는 사람보다는 절레절레 고개를 좌우로 흔드는 사람이 많을 것이다. 또 "효도는 자식의 도리입니까?"라고 ○×로 묻는다면, ×를 선택할 사람은 없을 것이다. 이처럼 누구든지 부모 효도에 대한 인식도가 높다. 만약 '부모 효도'에 동의하지 않는 사람이 있다면, 정신 상태를 의심해 볼 일이다.

더불어 현대사회는 효도의 개념과 방식이 달라졌다는 점도 엄연한 사실이다. 올 5월에도 어김없이 어버이날이 등장한다. 왠지 공휴일이 아닌 게 아쉽다. 자식들은 잠시간 망각해 버린 부모님 은혜를 되새겨보는 계기가 될 것이다. 누구나가 어버이에 대한 '소중함과 감사함'을 가슴 깊이 간직하면서도, 그 은혜에 보답하기는 그다지 쉽지가 않다고 흔히들 고백한다. 특히 우리 사회가 산업화·도시화·정보화·세계화 시대로 급변함에 따라 사람들 중 대부분이 팍팍하고 고된 삶을 살아왔기에 부모님에 대한 관심이 다소간 소홀해진 것은 분명하다. 그래도 당국에서 '어른 봉양과 경로사상'을 고취시키고, 확산을 위한 노력과 복지 정책에도 적잖은 신경을 쓰고 있다는 것은 참으로 다행스런 일이다.

인간에게는 청춘이 정지된 게 아니라, 쏜살같은 세월에 등 떠밀려 어느덧 노인이 되는 게 섭리이다. 실제로 인간이 길지 않는 생존기간 동안 가족이란 이름으로 3대가 살아간다. 해마다 '어버이날'에는 각 가정에서 자식들이 부모를 찾아와서 카네이션을 달아드리고, 선물과 맛있는 음식도 사드리고, 효도관광도 시켜드린다. 하지만 80이 넘으신 부모님은 곁에서 마땅히 친구해 줄 사람이 없어서 고독하다.

요즘 세태는 부모님을 직접 모시지 않고 양노원에서 같은 또래들과 즐겁고 편안하게 지내도록 해드린 것도 효도의 한 방편이다. 돌이켜보면 손자들이 어릴 때 할아버지가 "등이 간지럽다, 어깨가 아프다"고 하면 고사리 같은 손으로 긁어드리고, 양쪽 어깨를 가볍게 두드려 드렸지만 지금 아이들은 '효자손과 파스'를 갖다드린다.

그뿐만 아니라 할아버지가 옛날이야기를 들려주려하면, 그건 새빨간 거짓말이라고 듣기를 거부하면서 TV 앞에서 어린이 프로그램을 시청하거나, 만홧가게로 달려간다. 이처럼 아이들이 조기 학습으로 인해 사고력과 인지력이 발달하여, 어른들의 어린 시절 가치 기준으로 판단하면 낭패다.

바야흐로 국제화 시대를 맞이하여 우리만의 전통적인 효도문화를 무조건 지키는 것보다는 외래문화도 받아들이고 실정에 맞게 수정하여, 이롭게 활용하는 지혜가 필요하다. 특히 우리 사회가 농업 중심의 전통사회에서 산업화 과정을 거치면서 농촌 인구가 도시로 유입돼 산업노동자로 변모했다. 이처럼 도시화가 급속하게 진행되면서 동시에 경제의 중심이 농업에서 공업으로 이전된 산업사회를 형성했다. 또한 산업사회는 지역 공동체의 영향이 약해지고, 개인주의가 강해지는 특징이 나타났다. 이런 상황 속에서 부모와 자식들 간에도 괴리감이 생겼다. 향후 부모들은 자식에게 과도한 의존성보다는 스스로 자립심을 키우고, 노후대책도 고민해 봐야 한다.

오늘날 '효도문화'가 차츰차츰 시들어 가고 있는 분위기다. 참으로 안타까운 일이다. 하지만 효도는 자식의 도리이며 의무다. 우리 이웃에서 보듯이 누구든지 효행하면 자손들도 입신출세하고, 사업도 성공하여 행복을 누린다. 반면 불효자는 늘 불운이 겹치고, 하는 일마다 실패를 거듭하여 고통을 겪는다. 그 이유는 패륜에 대한 인과응보가 아닐까. 일찍이 공자님께서도 불효보다 더 큰 죄악은 없다고 인류에게 교훈을 주었다.

실제로 인간만이 향유해 온 최고의 가치인 효도는 만복의 근원이기에 인간생활 속에서 중요한 덕목으로 자리 잡고 있다. 그뿐만 아니라내가 부모님을 섬기지 않으면, 나 역시 자식들로부터 멸시와 천대를받게 된다는 게 세상의 이치다.

한편 필자는 초교 6년 시절 부친과 영별(永別)했기에 효도 한 번 못해본 게 가슴에 통한으로 남아있어 그리움이 뼈에 사무친다. 이런 아픔을 달래기 위해 오래 전 써놓은 '사부곡' 시편을 꺼내어 가끔씩 음미해본다.

어릴 적 / 잃어버린 / 뼛조각 / 어딘가 / 환희 웃으시며 / 존재할 것 같은 / 피 속에 스민 그리움 / 바람처럼 / 보이지 않고 / 별같이 / 초롱한상념 하나 / 늘 가슴을 흔든다

— 필자의 시 '아버지' 전문

사실상 인간에게는 부모님은 살아있는 위대한 신이고, 하나님이며, 가장 훌륭한 스승이다. 또한 포근한 안식처이고, 영원한 고향이다. 게다가 양친께 최대의 찬사는 "어머니, 아버지! 감사합니다, 사랑합니다" 이다. 진정성 띤 이 한마디에도 부모님은 감격스러워하고 기뻐하신다. 이 또한 효도다. (2015. 5. 5.)

종편방송의
정치 평론에 대한 견해

한때 잘 나가던 종이 신문이 90년대 중반부터 본격적으로 시작된 인터넷 시대를 맞이하여 그 영광과 위세가 꺾이자, 커다란 충격을 받았다. 과거 오랫동안 만끽했던 꿀맛을 잊을 수가 없었던 종이 신문들이 MB정권 때 '조·중·동·매경'에 종편을 허가하여 줌으로써 2011년 12월에 출범하게 됐다. 따라서 전국 방방곡곡에 있는 휴게소와 식당, 다방, 편의점, 병원 등에서 종편방송 채널을 온 종일 틀어 놓고 있다. 사실상 종편방송의 전성시대가 온 것이다. 따라서 정치 평론가들이 춘추전국시대 백가쟁명을 방불케 한다.

한편 사회 일각에선 종편 예능프로가 지상파보다 인기가 있어 점점 시청률이 오르고 있단다. 그런데 문제는 종편의 '정치 토크'가 그 내용 면에서 저급성과 정치적 편향성에 때문에 시청자들의 신뢰를 받지 못한 채, 냉소주의를 만들고 있는 상황이 참으로 안타깝다. 더 구체적으로 접근해보면, 정치 평론가 3~4명이 둘러앉아서 여당은 추켜세우고, 야당은 깎아내리는 모습으로 일관하고 있다. 이제 국민들도 정치에 대한 비판 수준도 높아졌고, 나름대로 정치적인 감각을 가지고 있어 핵심을 너무 빗나가게 되면 식상해 한다. 이런 방송이 계속된다면 그 피해는 결국 국민의 몫이 되고, 또 자라나는 세대들에게 악영향을 미치게 될 것이다.

언론의 사명은 비판성이다. 그것은 공정성과 객관성, 사실성에 바탕을 두고 진면목을 보여주게 되면, 국민의 인기를 독차지할 것이다. 반면 종편언론이 시청자의 시선과 관심을 끌기 위해 선정적이고 폭력적인 언어와 욕설, 비속어 등 질 낮은 방송으로 언론의 품위를 추락시키는 것은 누워서 침 뱉기다. 아울러 우리 문화를 아름답게 가꾸고 지키는 데 선도해야 할 사명과 사회적인 책임이 크다는 것도 깊이 인식해야 한다.

세간에는 종편이 특정 정당의 홍보도구가 되고 있다는 비난이 거세다. 그들은 "만약 종편이 너무 보수 성향에 치우치게 된다면, 우리 사회의 양극화를 심화시키는 요인이 될 수 있다"고 경고한다. 경기대 언론미디어학과 윤성옥 교수 등 관련 전문가들은 한 목소리로 "MBN 등 종편 4사가 공정성과 균형감각을 상실했다"는 부정적인 견해를 이미 내놨다.

시청자들은 건전한 비판과 공정한 방송에는 지지를 하지만, 의도적인 왜곡과 과장 방송은 거센 반발과 배척을 당하게 된다. 이제 우리 국민들 대다수가 교육수준이 높기 때문에 상당한 정치적인 판단능력을 가지고 있다. 만약 종편이 그들의 눈높이를 맞춰주지 못한다면 외면당할 것이다.

비근한 사례로 지난 4월 29일 실시된 국회의원 재·보선이 내년 총선을 가늠해 볼 수 있는 잣대가 될 수 있다는 점에서 여야가 총력전을 폈다. 그런데 종편의 정치 평론을 보면, 사전에 입을 맞추기라도 하듯 일관되게 야당에 대한 비난으로 도배질했다.

야당 문 대표께서는 '성완종 게이트'가 뜬금없이 튀어나오자 박근혜 정부의 부패비리를 심판해 달라고 간절히 호소했으나, 국민 정서는 등을 돌렸다는 해석을 내놓았다. 또 패배 결과를 두고도 비판 강도가 높다. 진짜 그런가. 하지만 그들은 정확한 분석에는 소홀했다. 뜯어보면 통찰력을 갖추고 있지 못한 피상적인 견해이다.

또한 '성완종 리스트 파문'이 야당엔 호재였고, 여당엔 부담이 된 선거였지만, 그 영향은 미치지 못했다. 실제로 진영논리는 깰 수가 없었다. 또 투표율 34%으로 성패 결과를 놓고 지나치게 왈가왈부를 하지만, 그게 전체의 민심은 절대 아니다. 사실상 야당은 서울 관악구에선 어부지리를 시켜주었고, 성남 중원은 인지도가 낮고 좀 무게감이 덜한 후보를 냄으로써 실패했다고 자체 분석했다. 한마디로 리더의 전략 부재라고 지적한다.

그래서 지금 야당의 내홍이 벌어지고 있다. 모두가 반성과 성찰 없이 서로가 "내 탓은 없고, 네 탓이다"며 핏대를 세우며 삿대질하는 것 자체가 한심하기 짝이 없다. 이러다가 감정이 더 격해지면 분당의 가능성도 비치고 있어, 그 귀추가 주목된다.

민주주의 사회 속에서는 건전한 야당이 있어야 건강한 국가를 발전시킨다. 우리 국민들은 완패한 야당에도 격려와 위로를 해주는 여유를 보여주자. 하지만 구태를 재연시키고, 구조적인 모순을 극복하지 않고서는 백 번 선거해도 지게 마련이다.

그런데 선거 패인에 대해서 혹자는 이렇게 주장한다.

"보수 세력의 이념적 결속력, 기득권의 단결과 네트워크, 많은 영남

인구, 대규모 기업, 언론사, 연구소, 국가권력기관, 경제력 있는 민간 단체와 관변단체, 보수적인 학회와 지식인사회 등이 있기 때문이다."

필자도 이런 주장에 공감하고 동의한다. 도저히 이길 수 없다는 기울러진 운동장 논리의 근거이기도 하다. 따라서 이런 상황에서는 패배의 쓴맛은 지속될 것이다. 마땅히 비판 받아야 할 사람을 비호하고, 잘못된 것을 덮어주려고 애쓰는 태도는 오히려 야유와 조롱감이 된다.

언론학자들은 종편이 거대자본으로 공룡처럼 몸집만 키운 채 기득권의 대변만 하지 말고, 시민의 작은 소리도 듣고, 약자의 이익 보호에도 앞장서길 바라고 있다.

향후 우리 사회 속에 종편이 건전한 언론으로 자리를 잡게 되는 날이 오면, 우리 국민으로부터 애정과 신뢰를 듬뿍 받을 것이다. (2015. 5. 12.)

한국과 베트남,
미래를 위해 함께 노력을

　한국과 베트남은 공교롭게도 현대사에서 닮은꼴의 역사를 가지고 있다. 양국은 일본과 중국의 영향력을 받았던 한자 문화권 국가다(현재 베트남은 서구 식민지를 거치면서 한자 폐지). 또 주변 강대국에 의해 침략, 식민지배의 경험을 공유한다. 게다가 냉전의 희생양이 되어 남·북간 전쟁을 치른 것도 같다.

　한때 우리나라는 혈맹인 미국의 요청으로 월남전(1965~1972)에 참전했었다. 따라서 현재 베트남에는 30여 개 '한국 증오비'가 있다고 한다. 특히 빈호아사 마을 위령비에는 "하늘에 닿을 죄악, 만대를 기억하리라"라고 써 있다고 한다. 공식적으로 한국군에 의해 희생된 민간인 수는 9천명이라고 알려지고 있다. 물론 우리도 경험했듯이 전쟁은 자국의 무고한 국민들의 희생이 따른다.

　혹자는 우리나라가 군을 파월하면서 베트남 사람들이 입은 트라우마를 치유해 주고, 피해를 보상해 주어야 한다고 주장한다. 하지만 잘못된 과거에만 집착한다면 밝은 미래를 기대할 수가 없다. 예나 지금이나 국제관계는 '어제의 적이 오늘의 친구가 되고, 오늘의 친구가 내일에 적이 될 수 있다'고 한다. 사실상 국가, 이웃, 개인 사이도 적대관계를 고수한다면 득보다 실이 많다. 이제 국제사회도 이념을 뛰어넘어 '전략적 동반자관계'를 심화·발전시켜 나가는 게 국익에 도움이 된다는 인식이 일반화됐다.

인간사도 적이 많은 사람은 항상 불안하고, 주위에서 미움을 받고, 도와주지 않기 때문에 성공하기가 쉽지 않다. 일본처럼 조선을 침략하여 한민족에게 피해와 상처를 주고도 반성을 하지 않는 정치지도자나 국민이 존경받을 수 있겠는가. 그들과는 지리적으로 가깝지만 진정한 이웃으로 자리매김이 되지 않아 껄끄럽다.

한편 한·베 양국은 1992년 12월에 외교관계가 수립되어 우리 기업이 많이 진출해 있고, 해마다 수출량이 증가일로에 있다. 특히 1997년부터 베트남서 방영된 한국 드라마에 신세대들은 호감을 갖고, 한국 이미지 개선에 많은 영향을 끼쳤다고 한다.

게다가 김대중 전 대통령께서는 2001년 8월 방한한 쩐 득 르엉 베트남 국가주석과의 정상회담에서 "불행한 전쟁에 참여해 본의 아니게 베트남인들에게 고통을 준 데 대해 미안하게 생각하고 있다"고 사과했다. 우리 속담에도 '말 한마디에 천 냥 빚을 갚는다'고 했잖은가. 어느 정치 지도자도 하기 힘든 외교적인 큰 성과였다. 따라서 과거에 대한 응어리가 조금씩 풀리고 우호적인 접근이 시작되었다.

그렇지만 복잡한 감정이 뒤섞여 있어 진정한 화해가 이뤄졌다고 보는 것은 성급한 판단이다. 아직도 피해 마을 사람들은 한국인에 대한 강한 반감이 여전하다고 전한다. 그러나 그들은 개방적이고 현실적이기 때문에 우리와 교류협력 및 공조기반이 확대됨에 따라 의식의 변화를 엿볼 수 있다.

 이제 과거는 과거일 뿐 양국은 미래지향적인 새가치를 창출하여 함께 국력을 키워 외세의 침략을 막아야 한다. 베트남은 고대부터 벼 이모작으로 풍족하게 살아왔고, 또 16세기 때 일본과 함께 세계 2대 도자기 수출국으로서 고려나 조선보다 경제 선진국이었다. 현재는 석유, 석탄, 광물자원과 수산자원이 풍부하여 빠른 속도로 경제성장을 이루고 있다.

 또 하나의 흥미로운 역사적인 일화가 가슴을 뭉클하게 한다. 고려 초 안남국(현재 베트남) 이씨 왕조(1009~1226)가 권신(權臣)인 전 씨 일족에 왕위가 찬탈되고, 왕족들이 피살당하는 난국에 화를 피하기 위해 마지막 왕자인 이용상은 측근과 함께 배를 타고 탈출하여 망망대해를 떠돌다가, 고려국 서해안 옹진반도 화산에 도착했다.

 이런 사연을 전해들은 성종은 그를 화산군(花山君)으로 봉하고, 고려 여인과 결혼을 시켜 그 지역 땅을 식읍으로 하사하여 정착을 도왔다. 그는 원나라 침입 때 지역 주민들과 함께 몽고군과 싸워 전과를 올리기도 했다. 그가 바로 화산 이 씨의 시조 이용상(李龍祥)이다.

 이처럼 한국과 베트남은 이미 오래 전부터 혈연관계로 맺어졌다. 바야흐로 국제화시대를 맞이하여 우리나라 총각들이 베트남 처녀들을 배필로 맞아들여 사돈의 나라로 발전해 가고 있는 것은 참으로 아이러니하다. 국적별로 중국 다음으로 많다. 이와 같이 한국인과 결혼하여 한가족이 됐다.

 그들이 한국에 잘 적응하는 원인은 이러하다. 유사한 국민 정서와 가족 생활상이다. 그들도 우리와 마찬가지로 옛적부터 농경사회 속에서 조상과 부모를 공경하고, 예절의식을 공유하며, 젓가락 식생활 문화와 명절, 첫돌, 환갑잔치, 고희연 등을 중시하는 등 문화적인 공통점으로 인하여 충돌 없이 잘 살아간다.

요즘 신세대들은 전통이나 이념에 얽매이지 않는 것 같다. 국적 불문하고 외국인 신부와 거부감 없이 혼인하여 알콩달콩 사는 것을 보면, '국가와 민족'이란 무엇인가 하는 화두(話頭)를 놓고 미묘한 상념에 빠지게 한다. 실제로 세계는 하나의 지구촌임에 틀림없다. 그래서 전쟁보다는 평화를 추구해야 인류가 공동번영을 구가할 수 있잖은가.

향후 한국은 베트남에 기술 지원과 경제적 협력을 증진시켜나가고 민간교류도 확대하여 돈독한 우의가 쌓이게 되면, 적대감이 사라지면서 한국인의 넉넉한 마음과 고마움을 깊이 인식하게 될 것이다.

바라건대 다문화 1세들은 양국의 미래를 위해 든든한 우정의 가교를 만들었으면 한다. (2015. 5. 26.)

여성의 삶,
어머니의 길

우리 민족은 일찍이 유교사상의 영향을 많이 받았다. 이는 이점이 있으나, 또 한편 불편한 점도 없지 않았다. 특히 남성 중심의 가부장적인 문화가 오랫동안 지속돼 오면서 여성의 대명사인 어머니의 길은 고달프고 험난했다. 더욱이 여성에게만 강요했던 남존여비나 여필종부, 3종지덕(도) 등의 사회분위기 속에서 인고의 세월을 겪었다.

이처럼 극심한 남성 우월주의 문화가 여성을 억압하고 예속화함으로써 힘들게 살아온 어머니의 아픈 추억이 불현듯 떠오르면 울컥해진다. 실제로 '남아선호사상'이 사회 구조적인 남녀 불평등 문제를 야기했다. 이로 인해 마치 여성만의 덕목처럼 일반화됐던 부모 효도, 남편 내조, 자식교육, 친척 우애, 조상제사, 손님 접대, 가정 살림 등 모든 것을 어머니에게만 짐을 지우게 했다.

더 구체적으로 접근해 보면, 현대사에서 가장 불행한 세대는 50~60년대 20세 전후 어린나이에 시집간 여성들이다. 그들의 생활을 살펴보면 억장이 무너진다. 우리 민요의 가사처럼 "고초당초 맵다 해도, 시집

살이만 못 하더라"고 했던 애처로운 삶을 짐작할 수 있다. 어느덧 그 분들은 80~90대가 됐다. 현재 생존해 계신 분도 있고, 대부분 이승을 떠났다.

당시 농경사회의 열악한 환경 속에서 가뭄으로 쩍쩍 갈라진 논바닥과 메말라가는 밭작물에 한 방울의 물이라도 주기 위해 물동이 하나로 혼신의 힘을 다했다. 특히 6·25 직후 삼시 세 끼를 제대로 먹지 못한 채 늘 허기에 시달렸으며, 주식은 꽁보리밥과 고구마, 감자 등으로 연명했다. 옷차림은 광목천의 흰 저고리와 검정치마에 고무신을 싣는 게 고작이었다.

그뿐 아니다. 추위가 채 가기 전 초봄에 겨울에 입었던 옷가지들을 한 광주리 그득 담아가지고 시냇가에 나와 얼음장을 깨고, 널찍한 돌 위에 빨랫감을 놓고 방망이로 힘껏 두들겨 패서 땟물을 뺄 때 손끝을 바늘로 찌른 듯한 추위의 아픔을 느꼈다.

또 땔감을 구하기 위해 겨울 산에 올라가 낙엽과 마른 나뭇가지를 꺾어 한데 묶어 머리에 이고, 등에 지고 내려와 밥을 짓기도 했다. 때론 산감(山監)에 적발되어 혼쭐도 나고, 밉보이면 벌금도 물었다.

더욱 서러운 일은 여성은 많이 배우면 안 된다며 초등학교만 졸업시켜 가사노동을 책임지게 했다. 지금은 전설 같은 이야기가 되었다.

지금은 그야말로 격세지감을 느낄 만큼 발전하였다. 이제는 여성에 대한 인습과 편견의 두꺼운 껍질을 벗겨냈고, 편리한 문명 이기는 우리 생활문화에 놀라운 변화를 초래했다. 빨랫감은 세탁기에 넣어 버튼만 누르면 손쉽게 해결되고, 음식조리는 전기밥솥과 가스레인지가 도와준다. 옷가게에는 유행과 계절에 따라 멋진 옷들이 수북이 쌓여있으며, 신세대는 고급브랜드만 선호하는 세태다. 또한 먹을 것과 마실 것이 넘쳐나는 풍족한 세상이다.

게다가 우리 사회의 패러다임도 달라졌다. 아들을 못 낳으면 냉대와 멸시를 받고 구박도 당했으나, 근래 들어 아들보다 딸이 효도한다며 득녀해도 실망치 않는다. 과거처럼 아들 선호시대는 지난 것 같다. 종종 사회문제가 된 부모에게 폭언과 폭행의 패륜은 대부분 남성이 아닌가. 현실은 여성의 인격과 존엄성, 기본권에서 동등해야 된다는 양성평등시대를 지향하고 있다. 남성이 권위적이고 여성 하대의 사고방식을 가진 자체가 어리석다.

현대사회는 남녀평등에 공감하고, 불평등한 사회문화적 폐습과 모순을 타파하고자 점차로 성 차별적인 법과 제도가 개선되고 있다는 점은 의미와 가치를 지닌 성숙한 사회로 가는 길이다. 하지만 우리나라는 국제적인 수준에 비하면 낮은 편에 속한다.

이웃 중국은 어떤가. 1949년 모택동 주석께서 남녀평등을 선포했다고 한다. 중국 가정을 방문해 보면, 남편들이 부엌에서 요리하며 아내를 돕는다. 우리 가정에서는 흔치 않는 모습이다. 따라서 중국 여권 신장은 서양과 비교해도 상당히 앞서 있다고 한다.

섬나라 일본은 기대와는 달리 우리보다도 여성 지위가 뒤떨어졌단다. 남성이 더 이상 여성을 깔보고 대접만 받으려는 것은 이미 한물간 빛바랜 구태다.

현재 한국도 국민의 선택에 의해 여성 대통령을 탄생시켰다. 여성도 자질과 능력이 있으면, 국가 최고의 통치권자도 될 수 있잖은가. 그럼에도 여성에 대한 불합리한 사안을 외면하거나 침묵해선 안 된다. 남녀가 함께 고민하면서 높은 차원의 사회 환경으로 승화시켜야 행복이 배가된다. 흔히 '생각을 바꾸면 세상이 달라진다'고 했잖은가. 현대사회는 여성 위상이 빠르게 진화하고, 남성 권위는 퇴조하고 있다. 따라서 우리 공동체는 더욱 인간의 향기를 느끼게 한다.

향후 진정한 건강사회는 여성 상위시대도 아니고, 남성 우월주의도 아니다. 서로가 윈윈하는 '남녀 평등주의'가 딱 맞지 않겠는가. (2015. 6. 9.)

삼면의 바다 끝,
섬 이야기

우리나라 섬은 3,157개 중 464개가 유인도다. 지역별 분포는 남해안에 79%가 몰려있고, 서해안과 동해안에 각각 18%, 3%다. 어떤 섬에는 노인 혼자 살다가 돌아가시거나 또는 자식이 모셔 가면, 다시 무인도가 된다. 그래서 행정기관의 오락가락하는 고무줄 통계에 충분히 이해가 간다. 게다가 북한에도 1,045개의 섬이 있어서 남·북한을 합하면 4,202개의 도서가 있다. 이처럼 섬들이 많은 이유는 오래 전, 산들의 지각 변동과 화산활동으로 인하여 생성되었다고 한다.

세계적으로 섬을 가장 많이 가지고 있는 나라는 인도네시아로 2만 개. 이어서 필리핀은 1만 개, 일본 8천개, 한국 4천개다. 국제법상으로 섬의 정의는 "사면이 물로 둘러싸여 있고, 밀물에도 수면 위에 있는 자연적으로 형성된 지역이다"고 규정하고 있다.

알다시피 한반도의 동쪽 끝은 독도다. 행정구역상으로 경상북도 울릉군 울릉읍 독도리 1-96번지에 속한다. 고문헌상으로 삼국시대부터 울릉도에 부속된 섬으로 기록되어 있고, 지질학자들에 의하면 지하 심부의 마그마가 지표상으로 분출, 수차례 화산활동에 의해 생성됐다고 해석한다. 따라서 우리의 고유영토이고, 뚜렷한 역사적인 근거가 있으며, 아울러 동해바다를 지키는 수호신 같은 상징성을 띤다. 그런데 일본은 힘의 논리로 끊임없이 자국의 땅이라고 억지 주장을 쏟아내면서, 국제적으로 문젯거리로 띄우고 있어 그 속내가 훤히 보인다. 사실상 안하무인격 태도는 분노와 증오심을 부채질한다.

우리 연구진에 의하면 독도 근처 해저에 묻혀있는 천연가스 '하이드레이트'의 규모는 앞으로 30년 동안 쓸 수 있고, 금액으로 환산하면 150조 원을 웃도는 에너지원이라고 밝혔다.

또 남쪽 끝은 100여 명 농어민이 살고 있는 제주도 마라도다. 더 멀리 전설 속의 이어도는 해수면 밑으로 4.6미터 정도 잠겨있는 수중암초다. 국제법규상 자국 EEZ(배타적 경제수역) 안에 인공 구조물을 설치할 수 있는 권리가 있음을 근거로, 우리 기술로 2003년 6월에 해양과학기지를 건설했다. 따라서 태풍의 진로나 어족자원의 관리, 지구의 기온변화 등에 관한 여러 자료를 수집하여 유익하게 활용한다. 더불어 이어도는 태풍이 오는 첫 길목에서 최남단을 지키는 첨병으로서의 역할을 충실히 해왔는데, 올 들어 이것마저 중국 외교부에서 "동중국해 북부의 수면 아래에 있는 암초"라면서 "여기서 이루어지는 한국 측의 행동이 아무런 법률적 효력이 없다"고 문제를 제기했다. 하지만 미래지향적인 관점에서 양국이 진지한 논의와 협력을 거쳐 원원하는 게 최선의 길이다.

또한 서쪽 끝은 충남 태안군에 속해 있는 무인도인 '격렬비열도'가 있다. 그곳에 있는 3개 섬이 마치 의좋은 3형제처럼 끈끈한 혈육의 정을 나누면서 영해와 영토를 굳건히 지키고 있다. 예부터 조기, 잡어 등 황금어장으로 알려지면서 어부들이 목선에 생명을 담보하고 수 백리 뱃

길을 달려갔던, 애환서린 치열한 삶의 현장이기도 하다. 게다가 국내서 가장 오래된 화산섬으로서 지리·군사적으로 매우 중요하다. 우리보다는 중국 산동반도가 더 가까워서 뒷날 어떤 트집거리를 들고 나올지 지레 우려스럽다.

그럼 북한의 서쪽 끝은 어딘가. 학창시절에 배웠던 곳은 '마안도'다. 바로 비단섬 앞에 있는 작은 섬으로서 북한은 50~60년대부터 마안도 주변 섬들을 개발하여 포괄적으로 '비단섬'으로 불리고 있는데, 면적은 약 64㎢로, 여의도 면적 7.7배에 달한다. 섬 안에 널따란 농토가 펼쳐져 있고, 주위에는 갈대가 무성하다. 북한에서 가장 큰 섬으로 '신도군'을 새로 설치했다. 이곳은 한반도에서 가장 긴 강인 압록강이 서해와 만나는 입구에 위치한다. 압록강 건너 이성계 장군이 정벌하려 했던 중국 요동이 코앞에 있다. 그런데 비단섬에서도 '하천관리문제'를 놓고, 북·중간 영유권 갈등이 심각한 수준에 이르렀음을 시사해 주목된다.

실제로 대륙과 해양 세력의 주장으로 한반도는 만성적인 피로감에 젖어있다. 근래 들어 여러 국가에서는 자연적으로 생성된 섬이 아닌, 사람의 힘으로 인공 섬을 만들고 있는 것은 영토 확장을 위함이다. 비근한 예로 중국 남지나해에 중국과 베트남, 필리핀 국가들이 경쟁적으로 섬을 만들어 영유권 분쟁을 빚고 있다. 그뿐만 아니라 일본과 두바이, 한국 등에서도 기존의 섬을 넓히고, 암초를 중심으로 새로운 섬을 조성하며, 또 여러 개 작은 섬을 연결시켜 커다란 섬을 만들어 부가가치를 창출하여 국가 경제를 활성화시킨다.

하지만 자국의 영토 확장을 구실삼아 이웃의 영해를 침범하여 국가 사이에 분쟁을 야기하는 일은 절대 없어야겠다. 국가의 탐욕이 충돌하면 참혹한 전쟁으로 비화되기 때문이다. (2015. 6. 29.)

난생처음
중국 흑룡강성을 만나다

여행을 앞두고 설렘과 호기심으로 가슴이 고무풍선처럼 부풀었다. 여행길은 기쁨과 낭만을 만끽하지만, 반면 지루하고 무료감도 따른다. 그러나 그 결과는 아름다운 추억을 간직하게 되고, 지식정보도 얻으며, 삶에서 생긴 스트레스도 해소해주는 일석삼조의 효과가 있다.

근래 들어 소음문제로 이웃과의 살인사건이 종종 터진 것을 보면 끔찍하다. 하지만 나는 이웃을 잘 둔 덕에 뜻하지 않게 중국 여행의 기회를 잡았다.

박순태(62) 씨와 만난 지 4년이 흘렸는데 자주 만나다 보니, 서로가 속내까지 다 털어놓게 된 이웃 겸 친구가 됐다. 실로 어정쩡한 죽마고우보다도 훨씬 정감이 넘친다. 이젠 둘 사이에는 감정과 생각도 자연스럽게 소통되어 신뢰가 두터워졌다. 그는 이른바 조선족으로서 한국에 온 지 16년이 지나 온전히 토종 한국인이 됐다. 게다가 성격이 활발하여 인간관계도 원만하고, 거짓말을 모른다. 그래서 더욱 호감이 간다.

지난해 가을 어느 날, 그가 살았던 고향인 '내몽고 잘란둔시 청지스

한鎭(한국의 邑) 조선족 마을 홍광촌'을 죽기 전 한 번 가야겠다는 말을 듣고, 호기심이 발동돼 나와 함께 갈 수 있느냐고 제의했더니 흔쾌히 승낙해줘 이미 동행을 약속했다. 사실상 여행은 혼자보다 둘이 가는 게 말동무도 되어주니 심심치 않다.

지난 7월 1일 여행일정을 흑룡강성을 거쳐 내몽고로 잡고 간편한 짐을 꾸려 하얼빈 공항까지 가는 여객기에 탑승했다. 잠시 비행 동체는 활주로를 힘차게 달리다가 사뿐히 공중으로 솟아오르더니, 서쪽으로 한참 날아가다가 기수를 북쪽으로 틀었다. 2시간쯤 지났을까. 기내방송은 목적지에 곧 착륙한다고 알렸다. 만약 남북통일이 됐다면 1시간 정도 걸릴 거다.

흑룡강성에 첫발을 내딛는 순간 가슴이 뭉클했다. 만주지역은 5세기에 고구려, 7세기에 발해, 12세기에는 금이 건국되어 뒤에 국호를 후금과 청으로 변경하였고, 시대에 따라 말갈족, 여진족, 만주족이라고 불렸으며, 아직도 우리 선조들의 숨결을 느낄 수 있는 곳이다. 또 일본 관동군이 만주국을 세우고, 우리 애국자가 항일운동을 하던 곳이다. 나의 지식정보는 바닥을 쳤다. 더 궁금한 것은 박 씨께 물으니 "한국보다 면적은 2배 정도 크고, 인구는 4천만 명, 성 소재지는 하얼빈시다"라고 한다.

오후 3시 치치하얼행 버스를 타고 반시간을 달려오자 저 멀리 송화강을 낀 하얼빈시의 모습이 눈에 밟혀왔다. 거기에 1909년 10월, 안중근 의사가 하얼빈역에서 일제 초대 조선통감이던 이토 히로부미를 저격 사살한 현장과 기념관을 둘러보지 못한 미련이 남는다.

박씨 왈, "중국에선 중국인이 아닌 한국인이 거사를 한 점에 대해 못내 아쉬워하지만, 중국인들에게 존경받는 인물로 평가되고 있다"고 한다.

한편 차창 너머로 광활한 푸른 초원이 끝없이 펼쳐지고 있다. 도로 양편엔 아름드리 백양나무가 수없이 빽빽하게 서있다. 아마도 기후와 토질에 맞는 수종인가 보다. 사방을 둘러봐도 산을 볼 수 없고 검은 연기를 뿜어대는 공장 굴뚝도 보이지 않는다. 띄엄띄엄 양떼가 한가롭게 풀을 뜯는 모습들이 영상처럼 스쳐갔다. 게다가 밭에는 옥수수가 어른 키만큼 자랐고, 수전에는 벼가 가을을 재촉하고 있으며, 너른 벌판에는 자연 그대로 생겨난 호수와 하천, 강, 지천 등이 많기도 하다. 우리나라처럼 인위적으로 보를 만들고, 물줄기를 억지로 틀고, 국고를 낭비한 흔적은 볼 수 없었다. 그래도 그것들은 아무 탈도 없이 흘러간다. 연 강우량 70%가 농작물 성장기에 집중적으로 내려 모든 작물들의 기후조건에도 안성맞춤이란다.

2시간 정도 흘렸을까. '대경시'라고 쓴 이정표가 다가왔다. 드넓은 들판에는 석유를 뽑아내는 시추기가 쉼 없이 움직인다. 이곳서 중국 전체 석유 매장량의 절반을 차지한다. 참으로 부럽고, 살고 싶은 풍요가 넘치는 땅이다. 뿐만 아니라 유기농법의 도입으로 재배된 농작물을 중국인 대다수가 선호하여 짭짤한 농가소득을 높이고 있단다. 지구촌에서 이처럼 신이 내린 기름진 옥토를 가지고 있다는 게 중국의 자랑거리다.

게다가 '세계적 식량보고'라는 새로운 사실도 알게 됐다. 특히 안타깝게도 조선족의 농촌 인구가 줄고, 그 만큼 한족들의 농촌 유입 현상이 일고 있다고 한다. 그들은 더 나은 삶과 새로운 문화를 만나기 위해 한국 또는 중국 내 북경과 상해, 청도, 위해 등지로 떠났다고 귀띔해 준다.

박 씨와 얘기를 주고받다 보니 벌써 치치하얼시에 도착했다. 어느덧 해는 지평선으로 넘어가고 있다. 4시간 동안 보고, 듣고, 느낀 점을 좀 더 심도 있는 고찰과 폭넓은 식견으로 묘사했다면 흑룡강성에 관한 충분한 이해와 여행하고 싶은 감성을 자극할 것이다.

유감스럽게도 내 지식과 능력의 한계 탓에 '수박 겉핥기식'에 불과해 자괴심이 든다. 그렇지만 입체적인 정보를 전해 보려고 노력했다는 점을 밝혀두고 싶다. (2015. 7. 28.)

내몽고 속의
조선족 촌을 보다

조선족 손호준(62) 씨가 승용차를 대기시켜 놓고, 우리 두 사람을 기다리고 있었다. 그는 두 달 전 한국 방문 때 친분관계를 맺었다. 잠시 이런저런 얘기를 나눈 뒤 출발했다.

흑룡강성 치치하얼시에서 내몽고로 가는 협소한 차도를 교행 시 서로가 감속하여 교행했다. 또 가물거리는 가로등 불빛은 주위를 훤히 밝혀주지 못해 헤드라이트 불빛이 어두운 밤길을 뚫어 주었다. 2시간쯤 달려오자 손 씨께서 이곳이 중국 흑룡강성과 내몽고자치구의 경계지역이지만, 옛날엔 원나라와 금나라의 국경이었다며, 지금도 흙으로 만든 둑이 길게 남아있다고 한다.

산언덕을 넘어서니 환한 불빛이 쏟아지는 지역이 들어왔다. 하얼빈공항에서 '내몽고 잘란둔시 성길사한읍까지 8시간 동안 먼 길을 달려온 셈이다. 밤늦게 우리 일행은 면소재지의 중심을 관통하여 조선족 거주지역인 '홍광조선족촌'에 도착했다. 손 씨 집에서 저녁식사를 마치고, 곧장 여독을 풀기 위해 잠자리에 들었다.

아침 일찍 기상해 주변을 둘러보니 수전(畓)이 아득히 펼쳐졌다. 더 멀리는 산세가 뾰족한 게 아니라 평평하고 나지막했다. 가옥은 붉은 기와와 붉은 벽돌로 지어져 7~9채씩 옹기종기 모여 있다. 마치 우리 농촌의 자연부락처럼 띄엄띄엄 산재해 있는 모습이다. 우리 농촌은 1반, 2반으로 칭하는데, 이곳은 1대, 2대라고 부른다.

총 254세대에 900명이 살다가 한·중 수교 이후 '한국 바람'으로 400명이 한국 국적을 취득하고 200여 명은 돈벌이를 위해 왕래하고 있단다. 또 210명은 자식들 교육을 위해 대련과 청도, 위해 등지로 떠났다. 이미 조선족 마을이 공동화 현상으로 몸살을 앓고 있다. 지금은 거의가 노인들만 살고 있다. 한국에 가면서 논농사는 한족들에게 빌려주고 1년에 1상직(1,000평)에 중국 돈 8천 원(한국 돈 150만 원)을 받는다고 한다. 서로가 유익해 선호하고 있다.

그들은 우리 농촌마을보다 순박하고 정감이 넘쳐 나 더 한국적이다. 내가 한국에서 왔다고 하니 식사하고 가라며 팔소매를 잡아끈다. 집집마다 남새밭에는 옥수수와 고추, 오이, 가지, 들깨 등을 심어놓고 찬거리로 만든다. 우리와 다를 바 없었다.

'홍광조선족촌'에 첫발을 내딛는 사람들은 1910년 일제가 조선을 병탄 한 후, 대량의 조선인들이 중국 동북 각지로 건너왔으며, 이중 일부 소수는 이곳까지 들어온 것이 1926년 봄, 리관영(평북 출신) 외 56명(11세대)이 길림성으로부터 들어와 땅을 개간하여 벼농사를 짓다가, 1940년 가을 일본 개척단이 들어와 조선인의 논을 강점하고 협박하는 바람에 그들은 모두 도망치듯 타지로 뿔뿔이 떠나고 말았다. 1945년 일본이 연합군에 패망한 뒤에 조선족이 다시 돌아와 벼농사를 지으며 생활한 것이 점차로 커지면서 1958년에 홍광대대를 성립하고, 1985년에 '홍광조선족촌'으로 지명이 바뀌었다.

이주 초기 낯선 땅에서의 생활은 비참했지만, 조선족 특유의 근면성과 노력으로 집안 형편이 점차로 나아졌다. 그들은 잘란둔 지역의 여러 민족과 함께 생존과 운명을 함께하면서 조선족이라는 새로운 하나의 민족공동체로 발전시켰다. 특히 조선족들은 '벼농사민족'으로 불렸다. 논농사를 통해 정체성과 협동성, 조직성이 길러져 어느 민족보다 응집력과 헌신정신이 강하며, 논농사에서 비교적 높은 재배방법과 오랜 경험을 쌓았다. 게다가 한전(田), 어업(江), 수공업 등에서도 조선족들만의 독특한 기술을 개발했다.

한편으로 조선족촌장은 촌민들이 선거에 의해 선출하지만, 촌 당서기는 서류를 제출한 당사자의 주위 여론과 신임도, 충성도, 전과유무, 성향 등 1년간을 면밀히 조사한 뒤에 이상이 없는 자를 당원들이 선출한다고 한다. 하지만 조선족촌의 당서기는 조선족 출신도 가능하나, 향(면단위) 이상의 당서기는 한족 출신이 아니면 할 수 없다고 한다.

또 한편 성길사한鎭(한국어. 칭기즈칸 邑)에서는 30개의 작은 마을이 모여 한 개 면을 형성하고 있다. 그 중 하나가 조선족이 거주한 '홍광촌마을'이다. 조선족들은 대부분 한국을 드나들면서 삶의 질이 높아지고, 경제적인 여유가 생겨나서 다른 민족보다 잘 살고 있다며 자긍심이 컸다. 뿐만 아니라 한국에서 취업하여 살림살이에 큰 도움이 됐다는 긍정적인 생각이 지배적이다.

손 씨는 지인을 통해 잘란둔시에서 1995년에 발간한 홍보책자를 가지고와 글 쓰는 데 참고하라며 건네준다. 잠깐 내용을 살펴보니, 일본 관동군이 1932년 3월 1일 '만주국' 건립을 선언할 때 잘란둔시가 탄생한다. 그 당시 민족구성은 한·만족 33,900명, 일본인 197명, 몽고인

138명, 조선족 59명, 기타 민족 232명으로 기록되어 있다. 이미 여러 민족들이 어울려 살았다는 게 흥미롭고 이채롭게 느껴졌다.

우리 선조들의 피가 흐르는 내몽고 땅에서 조선인들의 열정은 멈추지 않을 것이다. 그들은 새로운 도약을 이끄는 동력이 되어 풍요를 구가하고 행복을 만끽하면서, 자손만대 번창하길 기원한다. (2015. 8. 10.)

내몽고 잘란둔시와
조선족 자치향을 가다

귀국을 하루 앞두고 내몽고 잘란둔시와 아영기현 조선족 자치향'을 관광키로 했다.

우리 일행은 아침식사를 마치고 역으로 나갔다. 기차를 타면 40분 거리다. 매표창구에 30대 중반쯤으로 보이는 여성한테 세 사람의 신분증과 내 여권을 제시했더니, 여권을 팽개친 뒤 신분증을 요구했다. '한국 주민증'을 건네자 이것마저 던져 버린다. 너무 민망하고 황당했다. 입 안에서 튀어나오려는 '육두문자'를 간신히 삼켰다. 일행들도 얼굴을 붉혔다. 하지만 항의했다가는 되레 혹하나 더 붙을까봐 그녀의 횡포에 가까운 거친 태도에 한마디 말도 꺼내지 못한 채 침묵했다. 말단 철도 공무원 한 사람이 대국의 이미지를 '확' 구긴 꼴이다. 과거 한때 우리나라 공무원도 마찬가지였다. 선진문화국으로 가는 과도기 현상으로 이해하니 화가 쉽게 풀렸다.

우리는 승용차를 빌려 타고 가기로 했다. 정 씨가 누군가에게 전화하더니 곧바로 승용차가 달려왔다. 우선 '잘란둔시'를 관광한 뒤에 '아영기현 조선족 자치향'을 가기로 했다. 50분 만에 목적지에 도착했다.

잘란둔시 인구는 23만 명이다. 위치는 호륜패얼시(呼伦贝尔市) 대흥안령(大兴安岭)산맥 동남쪽 기슭의 삼림지역을 중심으로, 한 내몽고자치구에서 유일한 '풍경명승구'로 정부당국에서 지정돼 볼거리가 많았으나, 시간 관계상 '적교공원(吊桥公园)'과 시가(市街)를 건성으로 봤다.

적교공원은 내몽고(内蒙古) 동쪽, 최대의 공원으로서 물줄기가 사방으로 둘러싸여 흐르고 초목이 무성했다. 또 1905년 건립된 독특한 형태의 적교(다리)의 의미와 가치를 부여키 위해 공원이름마저 '적교공원'으로 명명했다. 규모는 꽤 커 보였다. 그곳엔 한가롭게 거니는 시민이 있었고, 나이 든 분들은 옹기종기 모여 앉아 잡담을 나누고, 다른한편에선 트럼프를 하거나 장기를 두는 모습이 영락없이 우리와 다를게 없다.

적교에 대한 호기심이 발동해 요모조모 살펴봤지만, 특출하거나 신기한 점을 찾을 수가 없었다. 다리 중심에 두 개 기둥을 박고 좌우 양쪽을 잡아당기는 공법으로, 마치 모양새가 사장교를 닮았다. 하지만 100년 전 러시아인들의 선진화된 건축기술로 건설된 점에는 고개가 끄덕여진다.

또한 시내 상가의 간판에는 중국 한자와 몽고 글자를 병기한 게 눈에 띄었다. 일제에 비하면 중국은 소수민족의 말살정책보다는 그들의 전통문화를 장려해주고 보호해주는 포용정책이 인상적이었다. 궁금증을 참지 못하고 일행 중에 역사교사였던 정삼준(63) 씨에게 "중국이 소수민족을 포용한 이유"를 물었다. 그는 "만일 중국이 소수민족을 탄압하고 차별정책을 시행했다면, 내부적인 혼란과 저항으로 내란으로 번졌을 것이다"라고 당시의 국내 정세를 설명해 줬다. 그래서 55개 소수민족과 힘을 합쳐서 지구촌의 G2가 됐다는 그의 설득력이 있는 논리에 공감이 간다. 우리가 배울만한 정신이다. 한국 다문화사회는 거스르지 못한 시대의 흐름이다. 그런데도 일부에선 '다문화정책'을 비판하고, 제노포비아(외국인 혐오증)를 확산시키는 현실이 안타깝다.

오후에 1시간쯤 걸려 내몽고에서 유일한 아영기현(郡) 조선족향(面)으로 들어왔다. 때마침 조선족인 김영수 씨를 만나서 조선족 실태에 대한 설명을 들었지만, 왠지 그의 표정은 어두웠다. 동광촌에 조선족이 330명쯤 거주했는데, 70명은 한국으로 떠났고, 100명 정도는 중국 내 큰 도시로 이주하여 남은 인구는 160명이라고 한다. 또 신발촌에는 800명이 살았는데, 동광촌과 이주현상이 비슷하다면서 현재 인구는 500명 정도라며 말꼬리를 흐렸다.

한·중 수교와 도시화, 세계화로 인해 조선족 사회는 격변의 중심에 서 있었다. 그건 더 나은 삶을 위한 도전일 것이다. 특히 이곳 '조선족 향'은 자고로 '가무, 입쌀, 미식의 고장'으로 불러왔다. 그뿐만 아니다. 조선민족의 우수한 전통문화가 다른 민족의 마음을 사로잡았다고 한다. 최근 중국 정부에서 조선족 민속관과 기와집을 지어주어 깔끔한 현대 도시로 변화시켜주었다는 자랑도 빼놓지 않았다.

또 김 씨는 가슴 찡한 사연도 덧붙인다. 1945년 8월 15일 일제가 두 손을 번쩍 들었을 때 조선족들은 기뻐하고 환호하면서 목청껏 만세를 불렀단다. 그들은 농사가 잘 되면 돈을 모아 언젠가는 고국으로 돌아갈 것을 굳게 다짐을 했지만, 6·25가 터져 가지 못한 채 타국 땅에서 눈을 감았다고 한다.

누구나 고향은 어릴 적 추억이 담겨있고, 조상의 뼈가 묻혀 있는 곳이다. 그래서 더욱 가고 싶고, 두고두고 그리워하는 것일까. **(2015. 8. 19.)**

군(軍)의 사건사고에 대한
올바른 이해

최근 두 건의 '군(軍) 사건사고'가 한국 사회에 적지 않은 파장을 일으켰다.

그 하나는 과거 MB정권 때 저질러진 '방산비리' 사건이다. 얼마 전 합수단이 수사를 마무리 짓고 그 결과를 내놓았다.

"현역 또는 예비역 장성 10명 등 총 63명을 기소하고, 그중 47명 구속, 16명을 불구속했다고……."

아마 창군 이래 가장 치욕스런 부정비리 사건으로써, 국민들은 천문학적인 액수에 경악했다.

사회 일각에선 우리 군에 대해서 "군의 고위직이 저렇게 부패됐으니, 軍 사병사고 발생은 필연적일 수밖에 없다"는 비판이 거세다. 또 네티즌들은 "이적행위, 매국행위, 일벌백계" 등 날선 댓글들이 줄을 이었다. 물론 국민 배신에 따른 분노와 좌절감의 표현들이다.

하지만 필자는 "軍 전체를 욕할 문제는 절대 아니다"라고 판단된다. 사건의 본질을 꼼꼼히 뜯어보면, 몇 사람의 일탈된 행위로써, 개인적인 탐욕에 불과하다는 사실을 발견할 수가 있다. 반면 국방의 의무를 이행하고 있는 사병이나 자신의 의지로 선택한 수많은 '직업군인'들은 남북이 대치하고 있는 상황에서 책임과 의무를 충실히 수행하고 있다. 게다가 조국수호를 위해 가장 먼저 군인은 자신의 몸을 던진다. 따라서 국민의 '존경과 사랑'을 받을 만한 충분한 자격이 있지 않는가. 그럼에도 성실한 대다수의 군인들까지 싸잡아서 매도하는 현상을 보면, 군에 대한 부정적인 의식이 이미 우리 사회의 고질적인 악습으로 자리를 잡은 듯하다.

그뿐만 아니다. 군 사건사고마다 신중치 못한 언론들은 건전한 비판을 넘어 악의적인 비방으로 뭇매질한다. 실제로 군인은 '사기를 먹고사는 조직'이다. 군에서의 사기는 곧 전투력으로 이어진다. 결국 그 피해는 부메랑이 되어 국민에게 돌아 갈 것이다. 사실상 방산비리는 '윗선의 감시감독을 게을리 한 탓으로 빚어진 범죄다.' 따라서 '軍 전체가 책임질 문제는 아니고, 극히 일부에 국한된 사안이다.'

또 하나는 입 밖으로 꺼내기도 꺼림칙한 지난해 6월 임 병장 '총기난사'사고다. 온 국민이 분노로 치를 떨었고, 아직도 악몽처럼 기억에 남아있다. 그는 내무반에서 함께 생활한 13명의 전우들에게 방아쇠를 당기고, 그것도 모자라 수류탄까지 투척했다. 도무지 상상할 수 없는 일이다. 우리 국민은 애통한 심정으로 자신의 꿈도 피어보지 못한 채 하늘나라로 간 다섯 영령들의 명복을 빌었다. 또 잘못된 만남의 악연으로 평생 장애를 안고 살아가야 할 일곱 영혼들에게 용기를 잃지 말라고 위로했다.

반면 가해자 임 병장은 누구인가. 그의 성장과정을 살펴보면, 타인과 어울리지 못하는 극히 내성적인 성격으로 대인관계가 원만치 못해 늘 '외톨이' 신세였다. 또 학교생활을 적응 못해 고교 2학년 때 자퇴하고, 고교 학력이 인정되는 검정고시를 준비해 합격한 후 방통대에 입학했단다. 게다가 하루 대부분의 시간을 집에서 컴퓨터와 인터넷 게임에 빠져 지내다가 입대한 후에, 군의 심리검사 결과 'A급 관심병사'으로 판정돼 관리했다. 상사들도 힘들었을 것이고, 동료도 짜증스러웠을 것이다. 그는 예견대로 끔찍한 사고를 쳤다. 그래서 지난 8월 17일 양손에 수갑을 찬 채 초췌한 모습으로 국방부 고등군사법원 항소심 선고 공판에서 나왔다.

재판부는 그에게 "북한군과 지근거리의 최전방 부대에서 신성한 국방의 의무를 수행하는 동료 병사와 상관에게 수류탄과 총격을 가했다"며 1심과 같이 사형을 선고했다. 그는 "집단 따돌림이 원인이다"며 구차한 변명만을 늘어놓았으나, 그것은 정상 참작의 사유가 될 수 없다고 못을 박았다.

반면, 으레 '사병 총기사고' 뒤에는 장교들과 부하사관들의 줄초상이 이어진다. 그 이유는 "사전에 예방 못하고, 평소 관리감독을 소홀이 했다"는 것이다. 하지만 일순간 광기가 발작한 '사병 총기사고'는 귀신도 막지 못한다고 했다.

한편 사회 일각에선 부모가 "밥상머리 교육을 제대로 시켰다면, 총기사고를 치라고 위협해도 못 칠 것이다"라는 주장도 제기됐다. 즉, 자식은 어릴 때 부모 역할이 중요하다는 점을 시사하고 있다.

또 미국 펜실베이니아대 신경범죄학 교수 에드리언 레인은 35년 동안 범죄자를 연구한 끝에 다음과 같은 결론을 내렸다. "어떤 인간은 범죄자로 태어난다." 자칫 뭇매를 맞을 주장이다. 하지만 "유전자와 뇌가 결정적인 역할을 하는데도, 그간 범죄학은 범죄 원인을 불우한 가정,

사회적 불만 등 환경적인 요인으로만 분석했다"고 반박했다.

우리 군에선 잊을 만하면 '사병 총기사고'가 반복된다. 그때마다 부모는 자식들에 대한 책임이 전혀 없는 양, 군부대에 모든 책임을 전가시키는 것은 양심 있는 올바른 태도가 아닌 것 같다.

향후 군 당국은 앞에 언급된 '고위직 비리사건'과 '사병 총기사고'를 타산지석으로 삼아 건강한 병영문화를 바탕으로 대한민국 국군의 강인한 힘을 키워서 한반도 통일의 디딤돌 역할을 해 주길 기대한다. (2015. 10. 25.)

'직업군인' 아들에게 띄운 편지

아들아! 그동안 별 일없느냐? 나 역시 무탈하다.

바야흐로 풍성한 오곡백과와 화려한 만산홍엽이 가을정취를 물씬 풍기게 한다. 그래서 요즘 나는 가을여행을 계획하고 있으나, 너와 동행을 할 수 없기에 아쉬움이 남는다. 하지만 힘들고 애쓴 군인들의 노고로, 자유와 평화 속에서 행복을 누리는 점에 대해 늘 감사할 따름이다.

막상 편지를 쓰려니, 무슨 말을 먼저 쓸까? 망설여진다. 아빠가 너에게 처음 편지를 보낸 것은 '직업군인'이 되겠다고 결심하고, 고교 졸업 후 입대하여 훈련받을 때다. 그때 편지지 3장 분량에 깨알 같은 글씨로 빼곡하게 쓴 기억이 아련하게 떠오른다. 하지만 오늘날 컴퓨터와 통신기기가 보편화되면서 문자, 메신저, 전자우편이 편지의 자리매김을 하고 있다. 이런 전자통신수단들이 편리하고 경제적이다. 그럼에도 불구하고 내 손으로 직접 쓴 편지보다는 정겨움이 덜 하다. 지금은 누구나가 휴대전화로 의사전달이 되기 때문에 편지 쓰는 일마저 끊기고 말았다.

그래서일까. 인간관계가 각박해지고 몰인정한 세태로 변질된 게 안타깝다. 실제로 편지는 자신이 하고 싶은 많은 이야기를 충분히 담을 수 있다는 장점이 있어 좋다는 생각이 든다. 돌이켜보면, 네가 약관의 나이에 군인이 되겠다고 부모 곁을 떠날 때 앳된 미소년처럼 뽀얀 얼굴이었으나, 이젠 중년의 흔적이 묻어난다. 나 또한 고희를 코앞에 두고 세월의 무게를 실감한다. 인간은 세월을 이기는 장사가 없다. 바꿔 말하면 누구나 늙어간다는 뜻이다. 또한 세월은 사람들의 내면을 성숙하게 만드는 신비한 묘약 같기도 하다. 뿐만 아니라 세월은 연륜을 만들고, 연륜은 지혜와 통찰력을 길러주기에 이것만큼은 경험이 없는 젊은이가 노인을 따라 잡을 수 없는 것이다.

각설하고, 지난 8월 4일 비무장지대에서 벌어진 '북한의 목함 지뢰 도발'로 우리의 젊은 두 아들이 중상을 입은 어처구니없는 일을 당했다는 비보를 접하고, 다리가 후들거리고 머리가 아찔했다. 더욱이 생사를 넘나드는 참사 현장에서 침착하게 대처하는 모습이 TV 영상을 통해 보면서 '직업군인'의 의연함과 강한 담력에 놀랍기도 했지만, 군에 대한 믿음과 애정이 더욱 깊어졌다. 게다가 끔찍한 사고에도 냉정함을 잃지 않고 전우애를 발휘하여 분주히 구출한 장면은 모든 군인에게 교훈되고 귀감이 될 만하다. 실제로 그들의 불행이 우리 국민의 불행이었다. 따라서 온 국민은 눈시울을 적시면서 쾌유를 빌었다. 특히 박근혜 대통령께서도 국정의 바쁜 일정을 쪼개어 그들이 입원한 병원을 방문하여 하사들의 용기 있는 행동과 애국심에 거듭 감사를 표했다. 이런 따뜻한 위로는 그들에게 희망을 포기하지 않게 해준 관심과 배려였다.

반면 '북한 도발'에 대해 전례가 없이 강하게 대응하여 일촉즉발의 상황에서 사죄를 받아냈고, 또다시 도발 시 몇 배로 응징을 하겠다고 단호한 의지도 천명함으로써 국민들의 박수를 받았다. 고금동서를 막론하고 대국에서는 군에 대한 예우가 특별했기에, 군인들은 살신성인의 정신이 확고했다고 전해 오고 있다. 만약 적의 공격을 받을 때 상부 지침대로 당황하지 말고 신속정확하게 판단하여 곧바로 가차 없이 응징하고, 또 한편 긴박성 없는 난감한 사안은 혼자 결정하지 말고 직속상관의 지혜와 동료의 경험을 빌리면 더 좋은 합리적인 해결책이 나올 것이다. 또 내 경험칙에 의하면 매사에 대충 대충보다는 꼼꼼히 챙기는 게 불행을 최소화시킬 수 있는 비결이다.

사실상 군인은 대부분 일상이 병영 안에서 펼쳐진 만큼 상하 간 소통하고, 돈독한 동료애를 쌓으며, 올바른 '직업군인'의 본분을 지켜야 한다. 이런 아들이 되면 내가 존중하고 자랑스럽게 여길 것이다.

이제 나는 은퇴하여 자연인으로 돌아와 남은 생의 노년을 만족스럽게 보내고 있으니 아빠에 대한 걱정은 내려놓고, 주어진 임무수행에 충실하여라.

한편 내가 외출 시 길거리와 버스터미널 등에서 휴가 나온 얼룩무늬 제복을 입은 군인을 먼발치에서 보거나 코앞에서 마주치면 한참을 사랑스런 눈길로 바라보고 너를 생각한다.

그뿐만이 아니다. 군인을 분별없이 비방하거나 악담하는 사람을 우연히 부딪히게 되면, 그의 그릇된 인식을 바로 잡아주려고 이해와 설득을 시킨다. 어떤 경우에는 가시 돋친 설전을 벌이기도 하고, 때론 살벌한 분위기까지 연출되기도 한다.

아직은 우리 사회가 군에 대한 인식이 많이 부족하지만, 언젠가는 선진국처럼 '신뢰와 존경'을 듬뿍 받을 날이 꼭 올 것으로 확신한다.

향후 거친 세파가 밀려오더라도 슬기롭게 헤쳐 나가면서 상사로부터 신뢰받고, 부하로부터 인정받는 멋진 군인이 되길 바란다. (2015. 10. 25.)

한국 사회의 군인에 대한
잘못된 인식

언론매체에서 '軍총기사고'가 발생했다는 뉴스만 뜨면 군복무자가 있는 가족들은 가슴이 철렁 내려앉을 것이다. 혹시 손자나 아들, 남편이 근무하는 부대가 아닌지, 확인한 뒤에야 안도의 한숨을 '푹' 내쉰다. 그래도 불안의 끈은 놓지 못한다.

사실상 자신의 목숨을 걸고 근무하는 군인이야말로 당연히 국민의 '존경과 신뢰'를 받을 만하다. 하지만 그렇지 못한 게 한국 사회다. 실제로 군인들이 헌신적인 희생정신을 가지고 국민의 재산과 생명을 보호해 주기 때문에 후방에선 자유를 누리고, 가정의 평화와 행복을 느끼며 살아간다. 게다가 제각기 생업에 종사하면서 사회 발전과 번영을 위해 노력하고 있다. 따라서 군인에 대한 '격려와 박수'를 마땅히 보내줘야 한다.

하지만 일각에선 군을 폄훼하고, 무시하는 감정이 국민의식 속에 잠재되어 있는 게 문제다. 실상 우리 군(軍)은 국가의 존망과 운명을 좌우하는 안보의 보루이고 중추다.

이처럼 중차대한 책무를 걸머진 우리 군에 툭하면 돌을 던지는 이유와 그 배경은 이렇다. 80년대 시절로 올라가 보면 그 원인을 찾아 볼 수 있다. 알다시피 광주 시민들이 '민주화운동'을 주창하다가 신군부 세력들에게 많은 희생을 당했다. 당시 일부 군인의 권력욕이 빚어 낸 역사적인 비극이었지만, 대다수 군인은 본연의 임무에 충실했다고 본다. 현재 우리 군의 지휘부에는 그들을 도왔던 인물은 한 사람도 없지 않는가. 이제 군을 비방할 명분은 충분히 사라졌다. 따라서 우리 국민이 반성하고 성찰할 대목이라 본다.

한편으로 지난해 8월 K모 의원은 선임 병들의 구타로 사망한 '윤일병 사건'을 언론에서 이슈화시켜 국민 여론이 악화되자 국방장관을 자신의 대표 사무실로 불러 "연거푸 책상을 치면서 왜 쉬쉬하며 덮으려고 하느냐?"고 질책했다. 이와 관련 권모 육군 참모총장이 자진사퇴로 마무리됐다. 그는 또 지난 8월 20일 '북한 포탄 도발' 관련 국방위원 연석회의를 주재한 자리에서 국방부 박모 준장으로부터 보고를 받으면서 "그런 것도 모르고 무슨 보고하러 와! 내가 아는 걸, 왜 당신이 몰라?"라고 호통 쳤다. 이런 태도가 문이 무를 경시한 풍조로 비쳐지면 곤란하다.

항간에는 군의 별들이 하루아침에 낙엽처럼 지는 것을 보고 'ｘ별'이라는 조소와 야유 섞인 유행어까지 등장했다. 과거 역사를 돌아보더라도 '고려와 조선은 문민을 우대하고, 무신을 천시한 정책으로 인해 망국의 비운'을 겪었다. 이웃 중국 송나라 때도 마찬가지였다. 이처럼 '무인을 업신여기고 경시하는 국가는 결국 망한다'는 뼈아픈 역사적 교훈을 망각해선 안 된다.

국가가 위기에 처했을 때, '문(文)과 무(武)'가 서로 머리를 맞대고 논의해야 정확한 해법을 얻을 수 있다. 외세침략 시 전략전술의 전문가인 무관의 지혜를 활용해야 승전의 확률이 높다. 그럼에도 지구촌에서

'군을 멸시한 유일한 나라는 한국뿐'이다. 뿐만 아니라 '군바리, 워카, 무식한 집단, ×별, 유신사무관' 등 비속어도 만들어 냈다. 그렇다고 현역 군인을 예우를 해 주거나 우대해 주는 문화도 없다.

현대 민주주의사회는 고려, 조선 때처럼 문관이 과거시험으로 배출된 게 아니라, 선거제도를 통하여 선출하기 때문에 되레 무관의 '자질과 능력'이 출중하다. 일제 때 우리 군대를 해산시킨 뒤에 나라마저 빼앗겼다. '나라가 없으면 군대도 없다, 군인이 있기 때문에 나라가 있다'는 논리에 따라 군은 국민의 사랑을 받을 충분한 자격이 있다.

다른 한편, 우리 군이 강인한 조직으로 육성되기 위해 국방예산도 넉넉하게 편성해주고, 사기진작책도 마련해 줘야 한다. 그래야 이민족으로부터 침략을 당할 때 목숨을 걸고 조국을 수호한다. 미국의 경우, 국민의 '신뢰와 존경'의 대상은 군인이다. 그뿐만 아니다. 영주권 소유자도 입대하여 부대 배치를 받으면 시민권을 신청할 수 있다. 또 관공서나 은행에서 가장 먼저 민원을 처리해 주고, 비행기 탑승 시에도 VIP 좌석을 배려해 주는 우대정책을 쓰고 있다. 이웃 중국에도 헌법에 '국가와 사회에서 상이군인의 생활을 보장하고, 군인가족을 우대한다'는 규정을 두고 있다.

또한 군은 모병제로서, 사병도 일반 공무원 수준의 급여도 받고, 시내버스나 전철은 무임승차이며, 박물관과 명승고적 등의 관광도 무료다.

한국은 어떤가. 현역 군인들의 일반 휴가 때 교통비 할인 혜택은 전혀 없다. 또 과거 한땐 위관장교 제대자에게 배려 차원에서 동장 또는 파출소장에 임명해줘 공직의 기회를 주었으나, 이것마저 차단해버렸다. 참으로 실망스럽다. 혹자 왈, "군인을 홀대하는 사회는 그만큼 정신문화가 성숙되지 못한 사회다"라는 비판에 공감이 간다. (2015. 9. 1.)

제5부
그때 그 시절,
그래도 그립다

누굴 위한
'사형제도 폐지'인가

국정감사에서 안전행정위원회 소속 J모 의원이 경찰청에서 제출받은 '연인관계 범죄현황' 자료를 보고 밝힌 바에 의하면, '연인관계' 사이에서 일어난 살인사건은 2012년 99건, 2013년 106건, 지난해에는 108건이었다. 한 주마다 2명씩 소중한 목숨을 잃게 된 셈이다. 올 상반기도 이미 64명이 숨졌다. 이외 살인사건은 2012년 984건, 2013년 914건, 2014년 906건이다. 최근 3년 동안 하루에 2.9명꼴로 죽음을 당했다.

하지만 정치인들은 살인행위가 반인륜적이고 반사회적인 범죄라는 인식이 부족한 것 같다. 국감장에서 살인사건의 통계만 보았지, 심각한 사회문제라고는 깨닫지 못했다. 때문에 어떤 대안 제시도 없었고, 경찰 측에 '특단의 대책'도 주문하지 않았다. 그래서일까. 이번 국감은 '맹탕 국감'이란 야유적 신조어가 등장했다. 일각에선 흉악범에게 가벼운 형량 선고와 사형 미집행 등이 살인을 부추긴다고 지적한다.

지난 8월 20일 의정부지법 형사합의부는 보험금을 타내기 위해 제초제를 음식물에 섞어서 남편과 시어머니, 전 남편까지 먹게 하여 3명을 살해하고, 1명은 미수에 그친 천인공노할 범죄인데도 살인범 노모(45·여)에게 무기징역을 선고하고, 양형 이유를 이렇게 설명했다. "노씨가 대부분 범행과 그 책임을 인정하고 있는 점, 그간 처벌 전력이 벌금형 2회밖에 없는 점, 피해자를 포함한 친족들이 선처를 호소하고 있는 점"이라고 밝혔다.

하지만 똑똑해진 국민들은 의아해 하면서 "값 싼 동정심과 피해자 생명의 존엄성을 경시한 선고"라고 한 목소리를 냈다. 과연 몇 명을 더 죽여야 사형을 선고할 건가.

그뿐만 아니다. 법관의 성향에 따라 들쭉날쭉 형벌은 '사법부 불신'을 초래했다. 실제 사례를 보면, '자신과 동거하던 30대 동성애 애인을 흉기로 살해하고, 시체를 숨겼다가 기소된 20대 남성에게 징역 3년 6개월을 선고'했다. '등교하는 초등생을 유인해 성폭행하고 감금한 혐의로 기소된 박모에게는 징역 12년 6개월을 선고'했다. '원룸에서 20대 여성을 성폭행한 20대에게는 징역 6년'이 내려졌다. 이처럼 고귀한 생명을 박탈시킨 살인범이 성폭행범보다 처벌 수위가 낮다는 점에 의혹을 받고 있다.

또 한편 지금껏 사형 확정을 받은 흉악범은 '9명을 연쇄 살해한 정두언, 방화로 15명을 살해한 원언직, 무고한 부녀자 10명을 살해한 강호순, 잔혹하게 21명을 죽인 희대의 살인마 유영철' 등 61명의 사형수가 좋은 시설을 갖춘 교도소에서 '살인의 추억'을 되새김질하고 있다.

사실상 우리나라 재판부는 흉악범에 대해 너무 관대하다. '여중생을 성폭행하고 살해한 김길태, 20대 여성을 살해하고 시신을 훼손한 오원춘' 등은 1심에서 사형이 선고되고도 최종심에서 무기징역형으로 낮췄다. 살인마들에 대해 사형선고보다는 대부분 무기징역을 선고하는 추세다.

게다가 사형이 확정된 자도 집행을 않고 있으니, 사형선고도 의미를 잃게 되었다. 현실적으로 살인자의 인권보다 피해자의 생명권이 무시당한 게 안타깝다. 더불어 법치보다 인치에 치우치면 선량한 국민의 안전을 지켜주지 못한다. 특히 살인만큼은 인간의 일회성 생명을 박탈하기 때문에 용서할 수 없다.

일찍이 예수님께서는 "이 세상을 다 얻는다 해도 자기 목숨을 잃어버린다면 무슨 소용이 있느냐?"며 교훈을 주었다.

법정스님은 "목숨은 어떤 수단이 될 수 없다. 그 자체가 온전한 목적이기 때문이다. 그것은 단 하나밖에 없는 절대적인 것이다. 그러므로 어떠한 명분으로라도 살려고 하는 생명을 해치는 일은 악덕 중에서도 으뜸가는 악덕이 아닐 수 없다"고 인간의 존엄성을 갈파했다.

현재 사형제를 존치하는 대표적인 국가로는 일본과 중국, 미국(50개 주 중 18개 주 폐지), 대만 등이 있다. 어느 여론조사에 따르면 '사형제도 존속'에 대해 전국 19세 이상 성인남녀 750명을 대상으로 설문한 결과, 남성 88.4%, 여성 82.6%가 찬성했다. 이처럼 국민 대다수가 사형제도의 필요성을 느끼고 있다. 또 헌법재판소에서 '사형제도'는 합헌이라는 결정을 내린 바 있다.

형사소송법상 "사형은 법무부 장관의 명령에 의해서 집행한다. 그 시기는 판결이 확정된 날로부터 6월 이내 하여야 한다"고 규정돼 있다. 그럼에도 DJ정부부터 오늘까지 사형집행은 단 한 건도 없다. 이건 분명코 '직무유기'가 아닌가?

한편 지난 7월 6일 여야 국회의원 172명이 서명한 '사형 폐지에 관한 특별법안'이 국회에 제출됐다. 현재 의원 수가 298명이기에 과반수가 넘는다. 따라서 법사위에서 반대하지 않으면 입법화될 공산이 크다. 하지만 '사형제도 폐지'는 시기상조다. 향후 민도(民度)가 높아지고 우리 사회가 더욱 성숙된 뒤에 논의되어도 늦지 않다.

'사형제도 폐지'는 정치논리나 일부 시민단체와 종교계의 주장에 따라 결정할 사안은 아니다. 국민 개개인의 생명이 걸린 중대한 문제로써 반드시 국민의 동의를 얻어야 한다. (2015. 9. 29.)

가을 서정과
노인 감성

　산자락마다 단풍과 낙엽들이 고운 빛깔을 마음껏 드러낸 늦가을의 정취가 물씬 풍겨온다. 산등성에 핀 하얀 억새에도 여유와 낭만이 묻어난 것을 보면, 청춘이 꽃피던 시절이 새로워진다. 외출 시 무심코 가로수 밑을 지나가다가 은행 알이 밟혀 '툭' 깨지는 소리에 화들짝 놀라 곧바로 고개를 들어 노랗게 물든 은행나무를 쳐다보면, 문득 학창시절 때 책갈피에 은행잎을 끼어두던 한 토막의 추억이 떠오른다.

　한편으로 올해는 가물었지만 과일농사도 그 여느 해보다 풍작인 것 같다. 노점상에 펼쳐놓은 큼직한 사과도 10개씩 채반에 담아 놓고, 가격은 5천원이라고 써 놓았다. 또 치아가 약한 나이 든 분들이 먹고 싶어 하는 물컹한 홍시도 6개에 5천원이다. 지난 추석 땐 보기만 해도 입안에 군침이 도는 알알이 박힌 탐스런 머루포도가 한 박스에 1만 원에 거래됐다. 또한 바다 건너 온 샛노란 귤 한 봉지가 2천원이다. 농사짓는 수고에 비하면 과일 값이 비싸지 않기에 난생처음 실컷 먹었다.

　내 입맛에 따르면 사과는 꿀이 박히고 새콤달콤한 게 좋고, 배는 하얀 속살에 달고 물이 풍부한 게 제 맛이다. 포도 또한 당도가 높고, 알이 크며, 탱글탱글한 게 감칠맛 난다. 감은 피부가 붉고 달아야 구미를 당기게 한다. 또 곶감은 그늘에서 스며드는 햇살과 바람에 말려 겨울에 간식으로 먹는 게 제격이다.

하지만 아름답고 풍성한 가을을 우리 인생에 비유한다면 노년기다. '인생 가을'에 불청객처럼 찾아 온 '은퇴와 노년'이 겹치기 때문에 상실과 허탈의 무게를 더욱 느낀다. 누구든지 자신이 늙었다는 인식을 하지 않고 지내다가, 정년 문턱에서 새삼스럽게 실감한다. 실제로 생리학적 노년기는 몇 살이 적당할까. 현실적으로 공공행정의 편의상 65세이상의 연령층을 노인으로 규정한다. 하지만 의술의 발달로 평균수명 100세 시대를 앞두고, 일각에선 노인의 연령기준을 70세로 높이자는 주장도 제기되고 있다.

그러나 저러나 노인은 노인이다. 건강나이 60 넘으면 시력도 떨어지고 체력은 감소되며, 근력 저하 등 신체적으로 이상이 오고, 정신적으로도 기억력도 가물가물해지고, 아집도 강해지며 만성피로감도 든다. 게다가 식욕도 잃게 된다.

종종 오후 무렵 인천시청과 인접해 있는 중앙공원에 나가 보면 중년층과 노년층들이 의자에 앉아 대화하고, 땀 흘리며 걷기 운동을 한다.

다른 한편 동암역과 동인천역 북 광장에는, 풍상에 찌든 무표정한 얼굴에 남루한 행색의 많은 노인들이 마지못해 생존한 것처럼 애처롭게 보인다. 그들은 혼자서 온종일 우두커니 앉아 있다가 해질 무렵 어디론가 떠나간다. 남의 일 같지 않다.

나 역시 전철을 공짜로 탈 때마다 알량한 자존심이 구겨지지만, 내의지와는 상관없이 늙는다는 것은 막을 수 없는 자연현상이다. 따라서 점차로 사회적응력이 떨어진다. 게다가 주머니 사정은 늘 빈약하다. 그래서일까. 오랫동안 고락을 같이 하면서 흉금을 털어놓았던 죽마고우도 멀어지고, 만나는 것조차 부담스러워진다. 시쳇말로 "젊었을 때는 꿈과 희망을 먹고살고, 늙으면 추억을 먹고 산다"고 했다. 맞는 말이긴 하다. 또 "어린아이는 미운 짓을 해도 예쁜데, 노인은 아무리 좋은 일을 해도 밉다"는 옛말이 그른 데가 하나 없다.

그뿐만 아니라 젊었을 때는 허름한 옷을 걸쳐도 매력 있고 멋져 보이며, 청춘 그 자체만으로 싱그럽고 앞날이 창창하다. 더욱이 팽팽한 민낯에 혈기와 열정이 넘쳐나며, 가진 게 없어도 마음은 넉넉하다. 그래서 젊은이는 큰 실수를 해도 관용해 주지만, 노인은 작은 잘못도 그냥 넘어가지 않는다. '나잇값도 못한다, 나이를 거꾸로 먹었느냐' 등 별별 야유가 쏟아진다. 아직 노인을 위한 사회분위기는 차갑다. 실제로 노인들은 우울하고 암담한 슬픈 존재다.

최근 들어 일부 노인들이 왕성하게 활동하는 곳이 있다. 바로 극우보수단체다. 하지만 그들의 행동이 '도를 넘어서고 있다'는 비판 여론이 고개를 들고 있다. 바라건대 다수의 노인들께 누(累)가 되지 않도록 신중한 처신을 기대한다. (2015. 11. 11.)

그때 그 시절,
그래도 그립다

70년대 산업현장 또는 공장서 일하던 청춘 남녀를 비하시킨 '공돌이 공순이'란 신조어가 등장했다. 또 대학 공대생에게도 공돌이의 속어가 한참 동안 회자되기도 했다. 당시 여대생들도 공대생보다 법대생이 인기가 높았다.

한편 우리 부모들은 여럿 아들 중, 영리한 아들 하나만 '선택과 집중' 하고, 나머지 아들은 관심 밖으로 밀려났다. 하나만 잘 풀리면 나머지도 풀린다는 생각이었다. 그래서 S대 법대만 합격하면, 소 팔고 논밭 팔아 가르쳐서 사시만 합격하면 부모도 영웅시되고, 몰락한 가문의 영광도 되찾을 수 있었다. 고시 합격은 그 자체가 개천에서 용이 나게 한 신화였다. 따라서 20대에 판검사만 되면 '영감'님이란 호칭을 붙여주고, 융숭한 대접을 해주는 사회적인 분위기였다.

돌이켜 보면 6·25 전쟁 직후, 농어촌 출신 청소년층은 대부분 초교만 졸업하면 가정 형편상 진학을 포기할 수밖에 없었고, 어린 나이에 직업 전선에 뛰어들었다. 그때 그 시절은 삼시 세 끼조차 제대로 잇지 못한 사람들이 부지기수였다.

물론 도시 서민들의 삶도 마찬가지였다. 게다가 일하고 싶어도 마땅한 일자리가 없었다. 그 당시 10대들은 청운의 꿈을 안고 도시로 몰려들었다. 반면 농어촌은 점점 공동화현상이 시작됐다. 특히 구로공단과 부평공단에는 8도에서 올라온 또래들과 사귀면서 첫사랑의 추억도 만들고, 열악한 근무환경 속에서 불평불만 한마디도 않은 채, 사장과 사업주가 시키는 대로 일에만 몰두했다. 그들의 월급은 병아리 눈물만큼 적었지만 그것마저 감지덕지 여기면서, 저금통장에 한 푼 두 푼 쌓여간 재미로 가슴이 늘 뿌듯했다.

당시 시대상과 오늘을 비교하면, 그야말로 격세지감을 느낄 만큼 달라졌다. 요즘 신세대는 옷, 신발, 가방 등 유명 브랜드가 아니면 착용하지 않으려 한다. 실제로 검정고무신을 신고, 무명옷을 입었던 세대는 자식과 손자들의 요구를 다 들어주고, 자신처럼 생고생을 안 했으면 하는 간절한 바람이 묻어난다.

그들의 피땀 흘린 노력으로, 국내 경제기반을 만드는 데 큰 역할을 했다. 따라서 우리 젊은이들은 노년층에 진정 감사할 줄 알고, 따뜻한 배려와 관심을 가져야 한다. 게다가 이런 숭고한 희생의 가치가 사장(死藏)이 되어선 절대로 안 된다. 세상은 아무 노력도 없이 저절로 얻어지는 것은 하나도 없다.

온종일 공장에서 일하고 돌아와 작은 골방에서 생활하면서도 먹고 싶었던 것도 안 사 먹고, 입고 싶던 옷도 안사 입으며, 그저 악착같이 절약하고 저축했다. 그래서 '짠돌이 짠순이'라고도 불렸다.

이처럼 열정적으로 부지런히 일했기 때문에 오늘날 풍요한 세상을 만들었다는 주장에 반대한 사람은 하나도 없을 뿐만 아니라, 지구촌도 놀라워하며 부러워했다. 한때 얕잡아 부르던 공돌이 공순이들 덕분에 우리 삶이 변화됐고, 세계 어디를 가도 한국인으로서 자긍심과 자부심을 느끼게 한다.

어느덧 그들은 초라한 노인이 됐다. 참으로 고달프고 힘든 세월을 참고 견뎌온 자랑스러운 주인공들이다. 이제는 곤궁하던 보릿고개의 시절이 전설처럼 세월의 뒤안길로 비켜섰다.

하지만 세상사는 호사다마라 했던가. 모든 분야가 진화됐지만 오직 정치권만 퇴행현상을 보인다고 혹자는 지적하고 있다. 아직도 정치권에서는 시대정신을 파악하지 못하고 과거 독재와 친일행위가 정당화 또는 미화되고 부정부패는 악순환이다. 따라서 사회 기강마저 해이해졌다. 또 경기침체의 늪에서 헤어 나오지 못하고 있다. 게다가 여야는 소통과 협치보다는 비난과 갈등, 대립과 반목, 반대를 위한 반대, 발목잡기로 국가 안정과 발전을 저해시킨다고 일각에선 비판여론이 뜨겁다.

이젠 똑똑해진 국민들도 시비를 가릴 줄 안다. 국민의 눈높이를 80년대 수준으로 생각하면, 착각이고 낭패를 자초할 것이다. 지금은 국민이 참여하는 직접 민주주의 시대이다. 따라서 무너진 우리 사회를 힘모아 재건해야 한다. 결국 이런 병폐를 치유하지 못하면 눈앞에서 아른거린 선진국의 꿈도, 통일의 염원도 그림 속의 떡이다. 게다가 우리 국민이 후손을 위해 희망찬 밝은 미래를 펼쳐주려면, 정의를 입에 달고 다니면서도 불의를 저지른, 즉 도덕기준이 없는 정치인을 퇴출시켜야 한다. 사실상 이러한 결단은 양심과 정의감 있는 국민의 몫이다.

한편으로 한 시대의 세찬 격랑을 온몸으로 헤쳐 온 지인이 있다. 나와 오랫동안 가까이 지낸 구모(64)씨가 직접 겪은 경험적 실화를 소개해 본다. 그는 충청도 산골 농사꾼의 아들로 태어나 중학교를 졸업하고, 1971년 17세 나이로 호주머니에 단돈 5천 원을 깊숙이 넣고 무작정 상경, 영등포구 고척동 소재 이불과 침대 시트를 만드는 공장에 취업하여, 첫 월급을 1만 6천원을 받았다고 한다. 더불어 그때 함께 고생했던 동료를 천생배필로 맞이한 행운도 거머쥐었다.

두 번째로 옮긴 직장은 인천시 부평동 소재 새한자동차회사(현재 대우자동차) 공장이었다. 1978년 5월 조립공을 뽑는다는 광고를 보고 입사원서를 낸 게 평생 직장이 됐다. 첫 월급이 6만 8천원이었다고 기억한다.

그는 하루도 빠짐없이 성실하게 일하는 동안 자동차 부품을 잘 처리하는 숙련공이 되면서 월급도 차츰 올라가고, 잔업도 많이 하였다. 아내는 알뜰살뜰 살림을 꾸리면서 연립주택도 사고, 두 자녀를 대학도 보냈다. 딸아이는 결혼도 시켰고, 아들은 7급 공무원 시험에 합격했다. 그는 고생만큼 보람도 있었다. 실로 부모로서 책무를 성실히 이행한 셈이다.

3년 전 37년 동안 몸 바쳐 일해 온 애환 서린 회사에서 막상 퇴직한 날, 상사 동료들에게 깊이 감사하고 잊지 못한다며 인사말을 건네고 눈물을 쏟아냈다고 심경을 토로했다. 그리고 마지막 받은 월급은 400만 원이었다고 술회한다.

그는 살고 있는 집을 매각하고, 꽤 많은 퇴직금을 쥐고 홀연히 귀촌했다. 실로 금의환향을 한 것이다. 감, 포도, 사과 재배로 짭짤한 소득을 올리는 농촌마을 산 중턱에 전원주택을 2억 원에 구입했다. 앞마당 한쪽에 텃밭이 있고, 다른 한쪽에는 잔디를 깔아 쉼터가 조성됐다. 살기 편하고 아름다운 양옥집이다.

그는 노년에 강호지인(江湖之人)이 되어 자연경관 속에서 유유자적하게 사는 모습이 부러웠다. 얼마 전 나와 함께 이틀간 보내면서 산에 올라가 고사리와 취나물도 뜯어보고, 금강에서 다슬기 잡는 추억도 만들었다.

더 머물고 싶었지만 누(累)가 될까봐 인천 집에 간다고 배낭을 챙겼다. 며칠 더 있다 가라는 만류를 뿌리쳤다. 그의 승용차로 영동역으로 나와서 헤어지려고 할 때, "언제든지 마음이 심란하고 답답하면 찾아 와서, 내 집처럼 편하게 쉬어 가라"는 정겨운 한마디가 코끝을 찡하게 했다.

귀로에 만감이 교차했다. 우리나라는 현재 경제성장으로 전 분야에 걸쳐 급격한 발전을 했다. 실제로 우리 삶이 더욱 풍족해졌다. 가정마다 자가용은 필수품이 되고, 초교생도 대부분 스마트 폰을 가지고 다니는 세상이다. 뿐만 아니라 각종 전자제품을 구입하여 편리하게 사용하면서 문화생활을 만끽하고 있다. 그러나 물질문화 속에서 독버섯처럼 싹트는 이기적인 과욕과 치열한 경쟁으로 우리의 소중한 전통문화가 외래문화에 침유돼 삭막해졌다. 즉, 인간의 향기인 '배려와 나눔 그리고 겸손과 이웃사랑'이 어디론가 흔적을 감췄다. 이러한 덕목이 상실된 현실이 참으로 아쉽고 안타까운 일이다.

필자는 자주 추억담을 자손들에게 들려주면서 '그때 그 시절, 그래도 그립다'는 의미를 설명해주고 있다. (2015. 11. 25)

고(故) YS,
그래도 좋은 대통령

　지난달 22일 김영삼 전 대통령께서 서거한 뒤, 며칠 동안 빈소에는 조문객이 크게 붐볐다. YS한테 정치적으로 신세를 졌던 사람들도 이 날 하루는 모든 일정을 접고 참석해 그의 주검 앞에서 눈시울을 적시며 애통해 했다. 게다가 부질없이 욕했던 사람들도 참회하면서 고인께 삼가 명복을 빌었다. 더불어 보수언론에서도 민주화의 큰 별이 졌다고, 넉넉한 평가를 해주면서 죽음을 안타까워했다. 사회 일각에선 YS의 생존 자체만으로 독재 부활을, 짓눌린 무거운 바위와 같다는 상징적 의미를 부여했다.

　알다시피 YS는 26세에 최연소 국회의원으로 정치에 입문해 민주화를 위해 앞장서 싸웠고, 대한민국의 14대 대통령으로 당선되어 큼직한 발자취를 남겼다.

　같은 달 26일 영결식이 있던 날은 눈보라가 휘날리는 차가운 날씨였지만, 수많은 국민의 애도와 추모 열기가 후끈했다.

　한편 손명순 여사께서는 평생을 정치인의 아내로 내조하면서 고락을 함께했던 세월이 꿈만 같고, 만감이 교차했을 것이다. 그분은 3년 전부터 사선을 넘나들며 처절하게 병마와 사투를 벌이고 있음에도 불구하고 휠체어에 불편한 몸을 의지한 채, 사랑한 임을 보내는 자리에 나왔다. 병중이라서 그런지 창백한 얼굴이 TV를 통해 비쳐지자 많은 시청자들은 울컥 눈물을 훔쳤단다. 이승에서의 남편과 영별하는 심경은 가슴이 깨지는 아픔이었을 것이다. 바로 옆에는 장남 은철 씨도 건강상태가 안 좋아 수척해진 모습으로 미동도 없이 앉아서 감정이 북받쳐 울음을 삼켰다. 차남 현철 씨는 하관예배를 마치자 취토를 하면서 오열을 터뜨렸다. 주위 교인들도 서서 고개를 숙인 채 어깨를 들썩이면서 흐느껴 사뭇 숙연한 분위기였다. 따라서 YS의 가시는 길은 외롭지 않았다.

김 전 대통령께서는 국립현충원에 안장됨으로써 89세를 일기로 생을 마감했다. 돌이켜보면 YS는 DJ와 함께 우리 사회에 민주화를 일궈내어 국민의 자유와 인권을 신장시켰으며, 빠르게 민주주의를 발전시킨 주인공이다. 그리하여 민주화의 가치가 소중하다는 것을 일깨워줘 국민의식을 한층 성숙시켰다. 때론 권력의 견제와 균형을 위해 날카로운 비판도 서슴없이 쏟아냈다. 하지만 그의 행보를 이해 못하는 사람들이 부지기수다. 이런 사회현상을 어떻게 해석하고 설명해야 할지 답답할 뿐이다.

사실상 대통령 재임 5년 동안에 큰 업적을 쌓는다는 것은 무리다. 그럼에도 YS는 '하나회 척결, 금융실명제, 5·18 특별법 제정' 등 가치와 비중이 있는 정책과 제도를 펼쳐 큰 호응을 얻었다. 그뿐만 아니다. "머리는 빌릴 수 있어도 건강은 빌릴 수 없다, 닭의 모가지를 비틀어도 새벽은 온다" 등 정치적 위기마다 절묘한 명언을 남겼다. 이처럼 정치지도자는 자기희생과 열정으로 세상을 아름답게 만든다. 이제 YS는 역사의 뒤안길로 비켜섰지만 국민의 기억에서 오래오래 잊혀지지 않고, 영원한 사랑을 받을 것이다.

최근 YS에 대해 한국갤럽의 조사 결과 국민의 호감도가 19%에서 무려 51%까지 치솟는 점이 흥미롭다. 뒤늦게 적잖은 사람들이 나무도 보고, 숲도 보는 지혜를 터득하여 긍정적으로 재평가한 것 같다. 지금껏 우리 국민들은 훌륭한 대통령을 여러 분 만났으나 특별한 이유 없이 비방하고 폄훼하는, 나쁜 습관에만 익숙했고 칭찬에는 인색했다. 그 이유는 이렇다고 본다. 진영논리에 따라 내편에서 나오면 좋은 대통령이 되고, 상대편에서 나오면 나쁜 대통령으로 극명하게 갈린다. 또한 유권자들도 자기 지역 출신 아니면 무조건 냉소하고 쉽게 배척하는 세태다. 하루빨리 개선해야 할 암적인 병폐다.

한편으로 분별없이 부화뇌동한 세력들도 차제에 자성과 성찰이 필요하다. 실제로 대통령은 한 나라의 지도자이지 특정지역의 도백쯤으로 여기는 짧은 생각이 '건강한 대통령 문화'를 갖지 못한 원인이다.

향후 대통령을 역임한 분들을 지역 혹은 정파를 뛰어넘어 친화적으로 접근하여, '섬김의 정신'으로 승화시켜야 한다. 그래야 외국으로부터 우리 국민이 존경과 신뢰를 받게 되고, 진정한 선진국으로 도약할 수 있을 것이다. 특히 YS 유훈은 자신이 해결 못한 '통합과 화합'이다. 대다수 국민의 희망사항이다. 애초 정치권서 등장한 영·호남의 망국적인 지역주의가 끝내 정치 혐오와 동서 분열을 불러왔다. 지금 매우 심각한 수준이다.

벌써 총선이 코앞으로 다가왔다. 늘 그랬듯이 지역감정에 기름을 부을 것이다. 막지 못하면 미래가 없다. 여야 정치인들이 머리를 맞대고 결자해지의 차원에서 꼭 해결해야 할 중대 과제다. 원컨대 경상도와 전라도에서 편중보다는 중용의 미덕을 이끌어내야 한다.

 끝으로 고 김 전 대통령의 유족에게 건강과 행운이 함께하길 기원한다. (2015. 12. 16.)

남의 탓 문화에 물든
우리 사회

우리 국민의 일상 속에 깊이 밴 '탓의 문화'가 언제, 어디서 유래됐을까. 그 기원은 먼 옛날로 거슬러 올라간다. 고려와 조선 시대, 가뭄이 심하여 하지(夏至)가 지나도록 비가 오지 않을 경우 천신 탓으로 여기고, 나라나 민간에서 비가 오기를 기원하는 기우제를 지냈다고 한다. 또한 지긋지긋한 가난의 대물림도 '조상 탓'이라고 굳게 믿어왔다.

흔히 주변에서도 유별나게 '부모 탓'하고, '남 탓'을 잘 하는 사람을 만날 수가 있다. 그런데 '남의 탓'만 입에 물고 다닌 사람 치고, 성공한 사람이 많지가 않다. '탓'의 사전적 의미는 "① 일이 그릇 된 원인, 잘못된 까닭 ② 잘못된 것을 원망하거나, 핑계나 구실로 삼음"이라고 기록돼 있다. 누구든지 자신이 시도한 일들이 어긋나거나 잘못되면 으레 그 원인을 나 자신에서 찾는 게 아니라, 남의 탓으로 돌리는 의식의 뿌리가 깊다.

부모들은 성적이 저조한 자식들에게 노력이 부족한 탓이라고 타박한다. 반면 그들은 부모님이 유전적으로 머리가 나쁘기 때문에 힘껏 노력해도 성적이 안 오른다며 아빠엄마 탓이라고 반박한다. 또 최근 불거진 '흙수저론'도 곰곰이 뜯어보면 부모 탓이 담겨있다. 사실상 잘 된 일은 내 덕이고, 잘못된 일은 남의 탓 또는 조상 탓으로 떠넘기면서 자기합리화가 보편화된 세상이다.

우리 생활 속에도 '서툰 목수가 연장 탓하고, 선무당이 장구 탓한다'는 옛 속담이 있다. 그 속뜻은 자신의 기술이나 능력이 부족한 것은 생각하지 않고, 애매한 도구만 나쁘다고 탓한다는 것이다. 이런저런 배경에서 탄생한 '탓의 문화'는 우리 사회에 만연되어 남에 대한 증오와 불신만 키워왔다. 이쯤 되면, 이미 우리 사회의 고질병이다.

중국 산동성에서 출생한 맹자가 제나라에 머물렀을 때, 기록한 공손축상 (公孫丑上)에는 "어진 자는 활쏘기를 하는 것과 같으니 활을 쏘는 자는 자신을 바로잡은 뒤에야 발사한다. 발사한 것이 맞지 않더라도 자신을 이긴 자를 원망하지 않고 돌이켜서 자신에게서 찾을 뿐이다.(仁者如射, 射者, 正己而後發. 發而不中, 不怨勝己者, 反求諸己而已矣)"라고 하였다. 여기서 나온 반구제기(反求諸己)란 어떤 일이 잘못되었을 때 남의 탓을 하지 않고 그 일의 잘못된 원인을 자기 자신에게서 찾아야 한다는 의미이다.

누구든지 자신의 잘못을 감추기 위해 그 책임을 전가하면서 남을 탓하는 사례가 비일비재하다. 일제가 1910년 한일 합방한 뒤 36년간 한반도를 식민 지배한 결과를 두고서도, 그 원인을 우리 조상한테서 찾는 게 아니고, 무조건 일제 탓만으로 돌리는 역사인식도 적절치 않다. 과거 임진왜란(1592)을 겪었기 때문에 뼈아픈 경험을 바탕으로 국력을 키우고, 마땅히 외세 침략에 대비했어야 했다.

이와 관련 중국 대학자인 양계초(1873~1929)의 기고문 내용이 매우 이채롭다. 조선의 멸망 원인은 중국인, 이어서 러시아인, 결국 일본인인 것처럼 보이지만, 실제로 조선은 스스로 망했다는 것이 논지의 핵심이다. 그는 조선 황제를 비롯하여 지배계층의 무능과 타락은 물론이고, 특히 관심을 끄는 부분은 국민성에 대한 분석이다. "조선인은 자립하지 못하고 남에게 의지하는 천성을 가지고 있으며, 전 세계에서 개인주의가 가장 발달한 나라다"고 규정하였다. 게다가 "조선인은 화를 잘 내고, 장래에 대한 관념이 매우 박약하다"는 것이다. 그래서일까. 현실적인 남북 분단과 이념, 지역, 계층, 세대 등 갈등과 분열을 보면 빈말은 아닌 것 같다.

우리 민족은 진짜 분열의 DNA가 핏속에 흐르는 걸까. 참으로 부끄러운 지적이다. 이뿐만 아니다. 올 봄에 중국인 여성 모 씨(44)는 강남의 한 성형외과에서 수술을 마쳤으나, 마취에서 깨어나지 못하고 사망했다. 하지만 병원 측은 피해자가 '특이체질'이라서 죽었다며 의사의 의료 과실을 인정치 않고, 억울하게 죽은 망자만을 탓한다. 참으로 기막히고 황당하다. 남의 일 같지 않다.

어디 그뿐인가. 얼마 전 순천 모 병원에서 조모(47살) 씨의 허리에 난 종기를 수술하기 위해 의사가 산소호흡기용 산소가 아닌, 용접용 '아르곤 가스'를 잘못 주입해 멀쩡한 사람을 식물인간으로 만들어 놓았다. 경찰 수사결과, 충전업체에서 병원에 잘못 배달된 아르곤 가스통이 문제가 됐다고 밝혔다. 그렇지만 담당의사는 수술하기 전, 최소한의 확인을 해 봤어야 한다. 그런데도 전적인 책임을 충전업체 탓으로 돌리면서, 미꾸라지처럼 빠져나가는 데는 놀라운 수준급이다.

물론 인간은 본능적으로 누구든지 자기방어를 위해 남의 탓을 한다고 한다. 하지만 남 탓을 잘 하는 사람은 성공확률이 낮고, 늘 불안감에 휩싸인다. 현명한 지혜를 가진 사람은 실패의 원인을 나 자신의 노력과 능력 부족이라고 반성한다.

이제 서로가 손가락질을 접고 '네 탓이오!'보다 '내 탓이오!'라는 인식의 전환이 필요하다. (2015. 12. 30.)

손자와의
불편한 진실

손자가 태어난 지 한 달 뒤에 아들은 작명을 부탁해 왔다. 흔히 이름은 "짧고 발음하기 쉬우며 오래 기억돼야 한다"는 세간의 풍월에 따라 외자로 '건(建)'이라고 지어줬다. 이 녀석은 육류고기를 선호한 탓인지, 체격이 또래 아이들에 비해 크고 뚱뚱한 편이며, 성격은 호기심이 강하고, 또 활발하여 누구와도 어울리기를 좋아한다.

새해 첫날, 강릉에서 아들, 며느리, 손자가 찾아왔다. 손자와 만날 때마다 감정 코드가 맞지 않아 날을 세운 적이 있다. 요번에는 내가 호감도를 높이면서 "건아, 안녕! 오래만이다"라고 먼저 말을 건넸다. 이에 손자는 반응이 없다. 이어 "박건이가 올해 초등학생이 되니 좋겠네?"라고 묻자 묵묵부답이다. 아직도 앙금이 안 풀린 듯하다.

아내는 "손자의 심리 파악도 못하면서 돌팔이 의사처럼 맥도 모르고 침통을 흔든다"고 일침을 가했다. 반면 나는 "어릴 적부터 잘못된 행동을 지적해 고쳐줘야 올바르게 성장한다"는 논리로 맞불을 놓았다. 그러자 한술 더 떠 "손자는 착하고 영리한 아이니, 당신이 훈계할 생각은 말라"며 핀잔을 준다. 더 이상 말대꾸하다가 설전으로 번질까봐 말문을 닫았다.

대부분 할아버지들은 손자의 생고집과 투정을 "허허!" 웃으며 다 수용해주는 게 인지상정이다. 그런데 나는 올바른 행동은 칭찬과 보상은 하지만, 그릇된 행동엔 냉엄하게 꾸중한다. 즉, '당근과 채찍'을 주는 방식이다. 1년 동안 평균 2~3번 정도 만난 손자에게 콩쥐 팥쥐나 흥부전 같은 옛날이야기를 들려주지 못한다. 요새 아이들은 TV 앞에 앉아서 '어린이 프로그램'에 입맛이 들었기 때문이다. 실제로 손자는 그의 부모가 사랑하고, 훈육시키는 게 바람직하다고 본다. 최소한 초등학교 졸업할 때까지는 엄마 밑에서 성장해야 한다는 게 나의 지론이다.

속담에 "내리사랑은 있어도 치사랑 없다" 듯이 손자는 마냥 귀엽고, 눈에 넣어도 아프지 않은 핏줄기다. 그런데 나와 손자가 불편해진 사유는 이러하다.

첫 번째는, 손자 다섯 살 때다. 나의 집에 오면 진열장에 있는 감사패, 목각 공예품 인형 등을 꺼내와 거실에서 놀다가 싫증이 나면 아무 데나 버려둔다. 그래서 올바른 자아의 성숙을 돕기 위해 손자에게 "제자리에 똑바로 갖다 놓으라"고 호통을 쳤더니, 물건을 주섬주섬 챙기면서 "할아버지는 미워!"라고 불만감을 쏟아낸다. 그 말끝에 "미운 짓은 네가 하고 있다"며 톡 쏘아붙였다. 또 "만약 물건을 갖다 놓기 싫으면, 절대로 할아버지 물건에 손대지 말라"고 엄중 경고했다.

두 번째는 손자 여섯 살 때다. TV 앞에 앉아 어린이 프로그램을 틀어놓고 저녁 10시부터 새벽 1시까지 미동도 않고 시청하고 있기에, 나는 "이제 그만 보고 잠을 자라"고 두 차례나 타일렀다. 하지만 녀석이 듣지 않기에 큰소리로 "그만 보라"고 다그쳤다. 그때 방 안에서 며느리가 나와 손자를 일으켜 끌고 가면서 "할아버지, 안녕히 주무세요"라고 시키자 손자는 "할아버지 '안' 안녕히 주무세요"라고 부정적으로 표현했다.

세 번째는 지난해 추석 무렵 일곱 살 손자에게 물었다. "너는 지금 한글을 알고 있느냐?"고 했더니 태연하게 모른다고 했다. "그럼 언제쯤 한글을 알거야?"라고 묻자 손자 왈, "3년 뒤에야 알까요?"라고 대답했다. 그때 옆에 있던 며느리가 "한글은 거의 알고, 영어도 간단한 것은 읽는다"고 했다. 듣고 나니 손자가 은근히 괘씸했다. 하지만 손자와의 문제의 근원은 나의 배려 부족에 있다고 본다. 게다가 오직 완벽함만을 추구하려는 내 욕심이 손자의 서운한 감정을 키워낸 셈이다.

한편으로 요즘 젊은 부부들이 자녀들의 비행에 침묵하는 것은 가정교육을 포기하는 거나 다름없다. 어릴 때 '잘잘못'을 분별할 수 있도록 지도가 필요하다. 무례한 아이로 인해 부모가 욕먹는다.

나의 경우, 부모의 고전적인 훈육방법대로 자녀들을 길렀더니 남한테 손가락 총을 안 맞고 잘 자라 줬다. 즉, 큰 잘못을 할 경우 1차 구두 경고, 2차 가벼운 벌을 주고, 3차 체벌하기, 이처럼 단계적으로 실행했다. 경고는 2~3회 정도해야 한다. 큰소리보다 낮은 목소리로 주의를 시키고, 벌을 줄 때 웃거나 화내지 말고 엄중하게 해야 효과적이며, 체벌은 감정을 담아서는 안 된다. 특히 자녀 사랑은 마음속으로 해야 한다. 지나친 어리광이나 응석을 잘 받아 주거나 자녀의 요구마다 "오냐, 오냐" 하고 다 들어주다 보면, 산만하고 주의력이 부족해진다. 그러면 되레 고집만 드세져 예절이 없는 아이로 전락할 위험성이 크다. 또한 자신밖에 모르는 이기적인 사람으로 성장하게 된다. 실제로 집에서 잘 훈육된 아이들이 사회에서도 잘 적응한다.

'미운 자식 떡 하나 더 주고, 예쁜 자식 매 하나 더 주라'는 속담의 의미를 깊이 되새겨 봐야 한다. (2016. 1. 14.)

퇴행적인
한국의 정치문화

우리 사회는 첨예한 대립과 뿌리 깊은 갈등이 심각한 수준이다. 국민 대다수는 작금의 상황이 살얼음 걷는 듯 불안하고, 미래의 비전도 안 보인다며 우려의 목소리가 높다.

비선 실세인 최순실 국정농단으로 인해 박근혜 대통령은 식물대통령이 됐다. 지난해 10월 29일부터 광화문 광장에서 촛불집회가 매주 토요일마다 열리고 있다. 태극기집회도 마찬가지다. 그 귀추가 주목된다. 어느 쪽이 공정하고 정의로운 사회 추구를 위한 것인지의 판단은 국민 각자의 몫이 되고 있다. 집회 주최 측에 따라 참가인원 수를 고무줄처럼 늘여 위세를 과시한다. 전자는 '박근혜 퇴진', '이재용 구속'을, 후자는 '탄핵 원천 무효', '특검 해체'를 외치고 있다. 집회 성격이 상반되나, 열기만큼은 양쪽 다 뜨겁다. 촛불은 30~40대가 주류를 이루고, 태극기는 60~70대다.

한편 특검은 최순실이 저지른 국정농단을 수사하고 있지만 국민 기대에 못 미친다. 지난해 10월 31일 서울 대치동 특검사무실에 첫 출두하면서 "국민에 죽을죄를 졌다. 용서해 달라"며 울먹이던 그녀의 모습에 "죄는 밉지만 사람만은 미워할 수가 없다"는 일부 동정론도 일었다. 이후 특검 출석 요구를 수차례 거부하다가 결국 체포영장이 발부돼 지난 1월 25일 특검 사무실 앞에 나타나 작심한 듯 "특검이 자백을 강요한다. 자유민주주의 검찰이 아니다", "어린 애와 손자까지 멸망시키려고 한다", "(특검이) 대통령과의 경제공동체를 강요하고 있다"고 고래고래 악을 쓰며 오리발을 내밀었다. 마치 순한 양처럼 보였던 그가 포효하는 호랑이로 돌변했다. 그녀가 숨긴 마각을 들어낸 순간, 기자들도 화들짝 놀랐다. 또 TV를 시청한 국민들도 화가 머리끝까지 치밀었다.

같은 날 저녁엔 대통령이 '정규재 1인 TV 인터뷰'를 통해 복잡한 심경을 토로했다. "이번 '최순실 게이트'는 누군가에 의해 기획된 음모이고, 태극기집회 참가인원도 촛불보다 2배"라고 말하면서 밝은 표정을 지으며 웃음도 터뜨렸다. 이에 종편 패널들은 아전인수식 해석을 내놓았다며 즉각 날선 비판을 가했다.

이튿날 오전 최순실의 변호인단 이경재 변호사가 특검 앞에서 기자회견을 열고 "최순실이 특검 조사를 받으면서 인권 및 변호인 조력권을 침해당했고, 심한 폭언에 정신적인 피해를 입었다"고 주장하면서 "특검을 검찰, 경찰 또는 인권위원회에 고발하겠다"고 발표했다. 반면 특검은 터무니없는 허위 사실이라고 일축했다. 한편 시민들은 특검에 꽃바구니를 갖다놓고 '위축되지 말고 힘내라'는 격문을 담은 쪽지를 벽에 수없이 붙여놓으며, 응원과 격려를 보냈다.

이처럼 대통령 옹호 측과 반대 측 간 힘겨루기가 언제까지 지속될지 예측이 불가하다. 일각에선 날씨가 풀려 더 많은 인원을 동원시켜 상호 물리적 충돌이 발생하면 "국가 불행은 불 보듯 뻔하다"고 전망한다. 만일 최순실이 끝까지 묵비권을 행사하면서 '배 째라'식으로 나가면, 특검의 고민이 깊어질 것이다.

이런 긴장과 갈등의 와중에 민주당 측 악재가 불거졌다. 표창원 의원이 '더러운 잠' 그림 전시회로 여론의 뭇매를 맞고 있다. 누가 봐도 민망스럽고 충격적이다. 되레 대통령 옹호 진영에 정서적인 동질감을 회복시켜주는 데 일조한 셈이다. 혹자는 "지금의 정국은 한 치 앞을 내다볼 수 없을 정도로 혼미하다"고 지적한다. 하지만 해결방법이 없지는 않다. 정치원로와 여야 중진들이 머리를 맞대고 서로가 상생할 수 있는 전략을 모색하면 될 것 같다.

돌이켜보면 지금껏 역대 대통령들은 퇴임 뒤에도 자기 세력을 확충하고, 현실정치에 개입하며 죽을 때까지 권력의 끈을 놓지 않으려고 애를 썼다. 하지만 생각을 바꾸면 세상이 달라진다. 임기를 마친 대통령은 가족들과 자유롭게 여행이나 낚시를 다니며, 때로는 어린 시절 친구들과 만나 술잔도 비우면서 추억을 회상하게 되면, 행복이 배가될 것이다. 특히 버락 오바마 전 미국 대통령을 반면교사로 삼았으면 한다. 그는 언제나 앞장서서 대화로 야당을 설득하고, 국민들과 직접 소통하면서 '겸손하고 하심의 태도'를 보였다. 그는 퇴임 시 국민 60%의 지지를 받으며 정치무대에서 미련 없이 떠나, 평범한 시민으로 돌아갔다.

뿐만 아니라 재임 중에도 자신이 앞장서 의회를 설득하고, 지지를 이끌어 내기 위해 많은 노력을 했고, 자기주장만을 고집하지 않았다. 굵직한 정책을 추진하는 과정에서, 이를 반대하는 야당 지도자들과 끊임없이 대화하고 협조를 구했다. 미국의 최초 흑인 대통령임에도 백인들로부터 호응을 이끌어 냈던, 성공적인 리더십이 빛났다. 누구든지 그의 대화와 소통의지에 감동했을 것이다.

언제쯤 우리 국민은 오바마 같은 훌륭한 지도자를 만날 수 있을지,
몹시 기다려진다. (2017. 2. 7.)

건강사회는
삶의 질을 향상시킨다

건강사회 개념을 일의적으로 정의하기 어렵다. 학자들의 견해도 다양하다. 어느 학자는 "보편적인 가치에 입각한 상식과 원칙이 지배하는 사회"라고 해석한다. 물론 건강사회를 충족시키기 위해서는 여러 요소가 필요하다. 한 나라가 건강하려면 어떤 정책이 필요한지에 대한 질문에도 의견이 분분할 것이다. 사실상 건강사회 개념은 추상적이고 복잡다기하다. 하지만 누구나가 공정한 경쟁 속에서 자유와 풍요를 누리며, 범죄로부터 피해당하지 않고, 꿈과 희망을 키우면서 사는 정의로운 세상이 건강사회가 아닐까. 이 정도면 건강사회라고 불러도 손색이 없을 것 같다.

하지만 건강사회를 형성하는 데는 시민의 깨어있는 의식과 실천이 필요할 뿐만 아니라, 자기희생도 감내하지 않으면 '그림 속 떡'이다. 누구든 해외여행 시 명승고적이 주된 구경거리지만, 또 다른 관심거리는 그 나라의 발전상과 공무원의 친절성, 청결 수준, 풍습 등을 함께 보게 된다. 만일 아무데나 껌과 담배꽁초를 함부로 버리거나, 남몰래 쓰레기를 투기하거나, 또 버스정류장에서 줄서기가 지켜지지 않는 모습을 보면, 왠지 시민의식이 부족한 점을 느끼게 된다. 그 순간, 건강사회의 이미지가 곧 사라지게 된다. 실로 건강사회의 지킴이는 깨어있는 성숙한 국민의 몫이다.

인간의 정신적인 성장(성숙)은 나이의 많고 적음을 반드시 요구하지 않는다고 한다. 흔히 우리 사회는 마음이 어른스럽지 못한 사람을 철부지라고 지칭한다. 철부지란 사전적 의미는 첫째, "사리를 분별할 만한 힘이 없는 어린아이", 둘째, "사리분별과 지각이 없어 보이는 어리석은 사람"으로 규정돼 있다. 예컨대 어린동생이 아버지가 돌아가셨는데도 슬퍼하지 않고 해맑게 웃고 장난치는 행동은 철이 없기 때문이다.

또한 성인이지만 제멋대로 말과 행동을 하는 사람들을 꾸짖거나 비난할 때 철부지란 말을 쓴다. 이렇듯 우리 주변에서 정신적으로 성장이 멈춰버린 어른들을 많이 볼 수 있다. 그들은 타인한테 야유의 대상이 되기하고, 때론 지탄의 중심에 서기도 한다.

일본의 정신과 전문의 가타다 다마미는 일본 성인들에게 흔히 발견되는 '성장 거부' 현상을 '철부지 사회'로 진단했다. 그 증상으로써 "참을성과 저항력이 현저히 부족하고, 모든 책임을 남에게 전가시키고, 자신에게는 잘못이 없음을 주장하며, 정신적으로 조금만 힘들면, 쉽게 약에 의지한다"고 한다. 이런 점들이 일본 사회의 대표적인 성장 거부 증상들로 꼽고 있다.

이처럼 사회적 증상과 현상이 한국 사회에도 일본 사회 못지않게 확산되어 있다. 되레 우리 사회가 더 심각한 상황이다. 특히 우리에게 하나를 더 추가한다면 '거짓말과 자기기만'이다. 이 점이 건강사회를 더더욱 병들게 한다.

앞서 지적한 문제들이 많이 노출되고 있다. 실제로 학교에서 교사한테 꾸중을 들었다는 이유로 학교에 가기 싫다는 학생, 업무 실수나 상사와의 사소한 갈등을 이유로 회사에 가기를 기피하는 직장인, 결혼 뒤 1~2년 살다가 성격 차이로 이혼한 부부, 또한 나만 소외되고 불행하다는 피해의식과 패배주의로 이어지기도 한다. 그뿐만 아니다. 부부간 언쟁 끝에 아내의 생명을 박탈시키는 끔찍한 살인사건, 아무런 이유 없이 사람을 살해하는 '묻지 마 범죄' 등은 건강사회의 암 덩어리다.

가타다 다마미 정신과 의사가 일본 사회에서 발견 못한 거짓말이 우리 사회서 병리현상으로 급속히 번지고 있다. 실례로 보험, 부동산, 계, 다단계, 나이롱환자, 보이스피싱, 투자사기 등 일련의 범죄는 다 거짓말로 상대방을 기망하여 금품을 사취한 범죄다. 아마 각종 범죄 중 가장 많은 비중을 차지할 것이다. 그 폐해는 사회 구성원 모두에게 악영향을 끼치고 있다. 과거에는 무지와 가난이 뒤섞인 저변층에서 거짓말이 횡행했다. 하지만 오늘날에는 정치인 등 사회지도층에서 의외로 많다.

최순실 딸 정유라 부정입학사건과 관련해 120년 역사를 가진 대학 총장이 국회 청문회에 참석해 새빨간 거짓말을 눈 하나 까닥하지 않고 술술 하는 것을 보고 국민들은 크게 실망했다. 특히 '사회지도층의 도덕적 의무'가 선행돼야 한다. 그래야 국민의 존경과 신뢰를 받게 됨으로써, 건강사회는 더욱 견고해진다. 쿠웨이트나 사우디아라비아가 유전으로 인해 넉넉한 풍요에도 선진국이 되지 못하는 이유는 건강사회를 구축하지 못하고 있기 때문이다.

최근 필리핀의 대통령인 두테르테가 마약사범들과의 전쟁을 벌이고 있는 것도 건강사회를 만들기 위해서다.

 어느 사회든 부패, 타락, 태만, 비효율 등이 얼마쯤 있기 마련이다. 이러한 비건강성을 예방하고 치유하는 것은 정부와 국민의 책임이 아닐까 생각한다. (2017. 2. 15.)

'홍어장수 문순득의 표류기', 고전을 만나다

며칠 전 원명 《문순득 표해시말》을 실감나게 읽었다. 고전을 만난다는 것은 작은 행운이다. 고전 관련 공자는 "옛것을 익혀 새것을 안다"고 했고, 맹자는 "책을 읽으면 옛사람과도 벗이 된다"고 했다. 또 신영복 교수는 "우리가 고전을 읽는 이유는 역사를 읽는 이유와 다르지 않다. 과거는 현재와 미래의 디딤돌이기 때문이다"라고 설파했다. 이렇듯 고전을 읽어야 할 이유를 한마디로 잘 설명해 주고 있다.

주인공 문순득은 신안군 우이도에 살면서 홍어를 사서 나주시장에 내다 파는 홍어장수다. 그가 25세 되던 1801년 12월에 흑산도 인근에서 일행 5명과 홍어를 사서 돌아오다가 태풍을 만났다. 10일 간 표류 끝에 도착한 곳이 류큐(현재 일본 오키나와)였다.

이듬해 10월, 류큐에서 조공선을 타고 중국으로 가던 도중 다시 풍랑을 만나 동년 11월에 여송국(필리핀 루손섬)에 표착하게 된다. 그는 1803년 9월, 필리핀을 출발한 상선을 타고 마카오에 하선하여 중국을 거쳐 1805년 1월 8일 고향 우이도에 도착한다. 3년 2개월에 걸친 긴

여정이었다.

'표해시말'은 우이도에 유배 중이던 정약전이 문순득의 경험담을 듣고 기록한 책이다. 다시 서미경 〈KBS〉 PD가 문헌고증과 자료검증을 하고, 게다가 현지답사로 자세히 재조명하여 2010년 12월에 《홍어장수 문순득 조선을 깨우다》로 다시 개명해 출간됐다. 특히 저자의 풍부한 감성과 해박한 지식에, 유려한 글 솜씨로 재밌게 풀어놓아 독자들에게 큰 울림을 던져주고 있다.

문순득 일행은 망망대해에서 표류하면서 불안과 공포, 갈증과 배고픔은 어떠했을까. 상상만 하여도 모골이 송연하다. 또 생사를 넘나든 정신적, 신체적 고통은 말로써 표현할 수 없다. 필자는 200년 전, 문순득이 전하는 류큐(오키나와)와 여송국(필리핀)의 언어, 풍속 등의 이야기를 한정된 지면에 충분히 옮기지 못한 점이 아쉽다. 지도상 류큐는 제주도 서남쪽에 위치해 가깝다. 중국과도 멀지 않다. 한때 조선과 중국에 조공도 바쳤다. 류큐 왕국은 독자적인 역사를 이어온 독립국이었으나, 불행하게도 19세기 말엽에 일본 땅이 됐다.

한편 문순득 일행은 류큐서 머물면서 현지인들로부터 초대되어 환대를 받았다. 그는 현지 토속어를 배우고, 생활과 풍습을 익히면서 친화력을 보였다. 류쿠인들은 남녀 구별 없이 한자리에서 차를 마시며 담배를 권했다. 몸에 담뱃대와 담배통을 지니고, 가래침을 뱉는 타구도 휴대했다. 남자는 코밑 수염을 기르고, 어깨에 문신을 새겼으며, 바지를 따로 입지 않고 긴 저고리가 발까지 내려간 차림새에, 짚신을 신었고, 일할 때 나뭇잎으로 만든 삿갓을 썼다. 남자는 말을 잘 타고, 여자는 대나무 가마를 탔다. 집은 네모반듯했고 벽과 바닥을 판자로 엮었다. 고사상에 돼지머리를 올렸다.

줄다리기 사자춤도 우리와 비슷했다. 농기구와 전통 부엌은 우리 것을 그대로 옮겨 놓은 듯했다. 장례문화도 낯설지 않았다. 마을 사람들이 상여를 매고 나가면서 앞에서 한 사람이 소리를 지르며 인도했다. 그리고 시신을 묻는 것도 매장(묘)과 풍장(초분)이었다. 토산품 마사, 식물 껍질을 벗겨 실을 만들고 베를 짰다. 닥나무 종이는 귀한 제품이었다. 벼는 5월에 수확하고, 고구마가 풍부하며, 뱀술을 즐겼다고 한다.

다른 한편, 여송국은 어떤 관점으로 보았을까. 그들은 표류민에게 친절한 편이 아니었다고 한다. 문순득 일행은 도자기를 구워 서양으로 수출하는 청나라 사람들의 마을에 의탁 생활했다. 그는 언어감각이 뛰어나 토속어를 익혀 현지인들과 소통하면서 노끈을 꼬아 팔기도 했고, 목공 일을 하면서 약간의 돈도 챙겼다. 여송인은 붓이 아닌 펜으로 글을 썼다. 인종이 다양하고 혼혈도 많아 보였다. 연 날리기를 즐기고, 면포와 땔나무를 팔아 술을 사 마시고 잎담배를 피웠다. 물레, 북, 베틀은 조선과 유사했다.

집은 땅바닥에 기둥을 세워 2층으로 사다리를 타고 올라가는 나무집이다. 빗물을 받아 식수로 마셨다. 남자들이 밥을 짓는 것이 신기하고, 가족이 밥그릇을 가운데에 두고 둘러앉아 손으로 먹는 것도 특이했다. 물소가 쟁기질하고, 달구지도 끌었다. 또 서양식 성당과 전통 닭싸움도 처음 봤다. 문순득은 낯선 곳에서도 사람들과 사귀면서 잘 적응했다.

그뿐만 아니다. 그는 마카오에서 90일 체류하면서 선박기술과 마카오시장을 꼼꼼하게 눈여겨봤다. 귀국 뒤 1801년 가을쯤, 제주에서 표류민이 어느 나라 사람인 줄 모르고 9년간 억류하고 있을 때 그들과 대화를 통해 여송국인임을 확인한 뒤 송환하게 됐다.

그리고 실학자 정약용의 《경제유표》와 제자 이강회의 《운곡선실》의

저서에도 문순득의 경험담이 인용됐다. 하지만 선비의 뜻은 공염불이 됐다. 당시 조선왕조가 새로운 지식과 정보에 눈감고 귀 닫고 있을 때, 일본은 1868년 '메이지유신'을 단행, 서구의 선진문물을 적극 수용해 커진 국력으로 한반도를 지배함으로써, 우리 민족은 치욕의 역사를 대물림하게 됐다. (2017. 2. 23.)

내몽고에서 러시아 엿보기

기행문은 여행 중에 보고, 듣고, 겪고, 느끼는 것을 메모했다가 끝날 때 생생한 경험과 풍부한 감성의 바탕위에서 쓰는 것이 효과적이란 게 일반적인 논리다. 그런데 지난해 8월 내몽고를 여행하고 반년이 지난 뒤 꺼져간 기억의 불씨를 애써 살려본다. 마치 실타래처럼 얽히고설킨 것들을 풀어 씨줄과 날줄을 엮어 말거리를 만들어내야 하니 그다지 쉬운 일은 아닌 성싶다.

내몽고는 옛 몽고제국이었으나 지금은 중국이 통치하고 있다. 특히 우리 민족과 운명적으로 인연과 악연이 겹쳐 있어 평소 남달리 관심과 흥미를 가졌다. 따라서 여행지는 내몽고에서 가장 최북단에 위치한 만저우리(滿洲里)시로 결정했다. 그곳에서 러시아를 볼 수 있다기에 설렘과 호기심이 자극했다. 알다시피 몽고는 고려를 침략과 약탈로 오랜 세월 우리 민족을 괴롭혔고, 우리 민족의 부마국으로서 고려에 많은 공물과 공녀를 요구했었다. 그래서 우리 부녀자들이 징발되어 낯설고 물 선 이국땅에서 언어와 문화의 차이로 피눈물 흘리며 힘든 삶 속에서 외로움과 향수병으로 생을 마감하기도 했다. 게다가 고려 25대 충렬왕 외 다섯 왕께서도 원나라 공주와 혼인을 했다. 예나 지금이나 국제 사회는 냉혹한 약육강식의 시대는 변함없이 이어오고 있다.

사실상 나 홀로는 엄두도 못 낼 여행이다. 이웃 박 씨 연줄로 내몽고 잘란둔시에 살고 있는 정 씨 덕분이었다. 인천공항에서 비행기에 탑승해 할얼빈공항에 내린 뒤, 버스로 6시간을 달려서 흑룡강성 치치하얼시를 거쳐 정 씨 집에 도착하니 해질 무렵이었다. 그는 오래 기다렸다며 반가워했다.

이튿날 아침, 동행자가 네 사람으로 불어났다. 우리 일행은 승용차에 몸을 싣고 북방을 향해 신명나게 질주했다. 도로변으로 야류강 물줄기가 시원스럽게 흐른다. 긴 산줄기 아래 생성된 강의 신비스런 비경에 눈을 뗄 수가 없었다. 그곳엔 보트놀이를 즐기는 사람들아 넘쳐났다. 주말에 중국인들은 수없이 넓은 땅에 산재한 명승고적을 찾아 여가를 즐기는 일은 한국인들 못지않다.

가는 도중 농촌마을이 있어 차를 멈춰 세웠다. 붉은색 기와 가옥들을 꼼꼼히 살펴보니 양편에 굴뚝이 세워졌고, 천정에는 창문을 만들어 채광과 환풍이 되게끔 했다는 게 이채롭다. 시멘트블록 담장에는 한 뼘 정도 파란색 페인트로 선을 그어 미적 감각을 돋보이게 했다. 한가롭고 조용한 분위기는 과거 우리 농촌풍경과 다를 바 없다. 문득 옛날 우리 조상들이 끌려 와서 이곳서도 살았겠지 하는 생각이 떠올라 그들의 얼굴 생김새를 뚫어지게 보았더니 너무 닮아서 가슴이 뭉클했다.

현재 내몽고에는 한족이 80%, 몽고족은 20%가 살고 있단다. 실제로 만주지방 주민도 한민족과 비슷하다고 느껴졌다. 밭에 재배된 작물은 옥수수, 밀, 사탕무 등이다. 한참동안 구불구불 넘어가는 흥안령산맥은 울창한 수림으로 덮여있다. 그 속에는 진귀한 동물이 살고 있으며, 여러 식물이 자라고 있다고 정 씨가 설명해 준다.

두 시간쯤 달렸을까. 끝없이 펼쳐진 초원에 방목한 소와 말, 양떼들이 한가롭게 잡초를 뜯고 있으며, 사방을 둘러봐도 지평선만 보이고 난 동심원에 휩싸인다. 또한 우뚝 선 굴뚝에서 시커먼 연기를 뿜어내는 공장도 보이지 않는다. 드넓은 초지에서 자연의 초록 숨결을 맘껏 들이키며, 야크얼시와 하이날얼시를 숨 가쁘게 스쳐갔다. 여행객의 볼거리로 지어놓은 유목민의 집 '게르'도 보였다. 머나먼 길을 7시간 운전 끝에 목적지에 도착하여 곧바로 빙관(모텔)으로 향했다.

이튿날, 시내 구경에 나섰다. 일견 러시아의 복제된 건축물을 옮겨놓은 듯했다. 지붕은 뾰쪽하고 둥근 돔 형식에, 원색의 페인트 빛깔에 눈이 부셨다. 또 러시아의 전통 인형 마트로시카 모형처럼 지어진 건축물이 눈길을 끈다. 현실적으로 중·몽·러 등 3국 문화가 혼재된 독특한 정취가 풍긴다.

러시아의 국경에 가보니, 오전 9시인데도 여행객으로 북새통을 이뤘다. 상해와 청도, 북경, 산동성, 운남성 등 남쪽지방 곳곳에서 며칠을 걸려 단체여행을 왔다. 국경은 1896년 중·러 밀약에 따라 정해졌는데, 2미터쯤 높이로 철조망이 설치됐다. 양쪽으로 50미터 정도 거리를 두었다. 군데군데 초소에는 경비병이 로봇처럼 서있다. 초원지형 주변에 산맥이나 강이 없고, 널따란 평지뿐이기에 국경을 정할 때 꽤 신경을 썼을 것 같다.

시내 중심지에 러시아 술집 간판도 띄엄띄엄 있고, 키가 훤칠한 러시아인도 보였다. 매일 중국과 러시아 보부상들이 국경을 넘나들고, 또 중국인들은 러시아 가라데꾸시(중국명 홍석시)로 1일 코스 관광객이 줄을 잇고 있다. 철조망 넘어 러시아의 작은 마을 전경이 급속히 성장하는 중국과 비교되니, 초라하게만 느껴졌다.

해질 무렵, 눈앞에서 강렬한 빛을 발산한 태양이 나지막한 산 뒤편으로 수직으로 떨어지는 게 신기했다. 누구든지 한번쯤 내몽고 만저우리시를 여행하게 되면, 많은 이야깃거리를 얻게 되고 소중한 추억을 오래오래 간직하게 될 것이다. (2017. 6. 10.)

제6부
만월산에서
'노인건강'을 줍다

시인이 되고 싶다는
어느 '연쇄 살인범'

　한때 우리 사회를 뒤흔들었던 희대의 연쇄 살인범 유영철에 대한 우리 국민의 기억이 희미해졌거나 아예 망각의 피안으로 사라졌을 것이다.

　사람에 따라 망각과 기억의 장단이 있다. 유 씨한테 희생당한 피해자들의 부모, 형제자매, 친척 등은 눈 감을 때까지 아픈 기억을 잊지 않는데 반해, 직접 피해가 없는 일반인은 기억이 쉽게 지워진다. 만일 인간이 망각이 없으면, 슬프고 억울한 감정들로 인해 고통 받거나 분명히 미쳐버릴 사람도 부지기수로 양산될 것이다. 또 기억은 인간의 의지와 관계없이 자연 소멸되기도 한다.

　당시 극히 소수에 불과했지만 유영철에 대한 값싼 온정론이 등장하기도 했다. 몇 년 전 그는 감옥 속에서 시인이 되겠다고 야심 찬 꿈을 꾼다는 기사가 흥미를 끌게 했다. 물론 누구나가 시를 쓸 수도 있다. 문학은 여러 장르가 있다. 따라서 자신의 취향과 문학적 소질에 맞춰 한 갈래를 선택, 집중하면 소기의 목적 달성도 가능하다. 경우에 따라 능력이 출중한 사람들은 여러 장르를 넘나들기도 한다.

흔히 문학의 5대 장르로는 시, 소설, 희곡, 수필, 평론을 손꼽는다. 그 중 시를 쓴 사람만 '人'자를 붙여 시인으로 호칭하고, 그 외 작가들에겐 '家'를 붙인다. 인(人)과 가(家)의 옥편상 뜻은 전자 '人'자는 인품, 인격 인(人)으로써, 먼저 인간이 되어야 한다는 의미가 함유된 것이다. 후자 '家'자는 '집(家) 또는 전문의 학예, 기술에 능가한 사람으로 규정돼 있다. 이와 관련 깊이 들여다보면 소설가, 수필가, 희곡작가, 평론가 등은 도덕적으로 조금 비난받거나 적은 과오가 있더라도 글 쓰는 재능만 있으면 된다는 의미도 함유하고 있지 않을까. 즉, 어떤 잘못된 행위를 체험하고 그것을 소재로 글을 쓰는 경우도 있다는 것이다. 일례로 어느 여름날 친구들과 수박을 서리한 경험은 불법이지만, 이를 수필문학으로 승화시킬 수 있잖은가.

한편 공자의 시관(詩觀)을 살펴보면 "사무사(思無邪)"라는 말이 나온다. 이 속뜻은 '마음이 올바르고 마음에 조금도 그릇됨이 없는 상태'를 이른 말이다. 그래서 시는 선하고 바른 사람만이 쓸 수 있다는 의미를 내포하고 있다. 또 시인은 어린이마냥 천진난만하고, 밝고, 맑은 순수한 사람이 써야 한다는 것이다.

그런데 유영철은 누군가. 그는 2004년 7월 18일 체포된 희대의 살인마였다. 그의 반인륜적인 범죄행위는 이렇다. 경기도를 중심으로 남의 돈을 빼앗기 위해 무고한 21명의 힘없는 젊은 여성의 생명을 파리 목숨처럼 죽였다. 하지만 인권단체의 사형 폐지 주장과 정부의 사형집행 보류로 인해, 23년간 감옥에서 보내면서 살인의 추억을 회상하고 있다. 국민 대다수는 인권은 보호받을 사람이 보호받아야 한다고 주장한다. 인권의 가치는 누구나가 인정하지만, 살인마들의 인권까지 보호하자는 것은, 인권의 가치를 퇴색시킨다는 주장이 설득력을 얻고 있다.

이처럼 억울하게 생죽음을 당한 피해자들의 인권보다 악마의 인권을 보호한다는 것은 법치를 무시한 정치논리가 아닐까. 왜, 인권이 생명권보다 상위개념으로 확산됐는지 아이러니하다.

지금 그는 감옥에서 여생을 보내면서 독서 삼매경에 빠져있다고 전한다. 뒤늦게 학문에 눈이 뜨이자 그는 시인이 되겠다고 일성(一聲)을 토해냈지만, 공자의 시관(詩觀)인 사무사(思無邪)에 비쳐보면 인면수심한 살인자는 시인이 될 수 없다는 것이다. 시는 가슴으로 써야지, 머리로 쓰는 것이 아니다. 시는 예술성과 순수성, 작품성, 인격성 등이 필수적이다. 누구나 시만 쓴다고 시인으로 인정받지 못한다. 그리고 시학은 생각보다 쉬운 학문만은 아니다. 자신의 사상과 감정을 절제 없이 쏟아놓게 되면 시의 품격을 잃게 된다. 시작법과 시론을 충분히 공부한 뒤 습작기를 거쳐야 한다.

만일 유영철이 훌륭한 시를 창작했다는 평론가들의 호평을 받더라도, 그 작품은 국민들의 심금을 울릴 수 없을 것이다. 실제로 아무리 언어적인 수사가 그럴싸한 포장과 기술이 뛰어나더라도 먼저 인간 됨됨이가 더욱 중요하기 때문이다.

비근한 예로 범죄 전과가 많은 자가 어느 날 시인되었다고 한다면, 주위의 냉소와 비난으로부터 자유롭지 못할 것이다. 특히 시인은 그 누구보다 마음결이 진실하고 아름다워야 한다. 그런 바탕위에서 자연이나 인생에 대하여 일어나는 감흥과 사상 따위를 함축적이고 운율적인 언어로 표현한 글이어야 한다.

근년 들어 문학 잡지사가 우후죽순처럼 생겨나 등단이 어렵지 않다. 게다가 자기 나름대로 습작을 하면서 선배들의 조력을 받아 시인의 명찰을 쉽게 붙일 수 있다. 물론 인문학이 대접받지 못한 세태 속에서,

그래도 정신노동에 의한 소득을 바라지 않고 열심히 시를 쓰시는 분을 보면 박수쳐주고 싶다. 실제로 시인은 멀고 험난한 길을, 혼자서 걸어가는 외로운 존재다. (2017. 3. 7.)

만월산에서
'노인건강'을 줍다

'세월은 인간의 건강을 갉아먹은 벌레'라고 비유한다. 환언하면 나이가 들면 누구에게나 병마가 찾아와 건강을 위협한다는 의미다. 건강은 정신적으로나 신체적으로 이상 없고, 튼튼한 상태다. 흔히들 "건강은 건강할 때 지키는 것이 중요하다"고 말한다. 일단 건강을 잃으면 회복하기가 어렵지 않는가.

통상 65세가 넘어서면 노인이라고 부른다. 이때부터 가장 먼저 찾아오는 것은 '신경통과 무릎관절증' 그리고 근육이 시나브로 빠져나간다. 내 경험칙상과도 일치한 일반적인 현상이다. 따라서 자신의 건강관리에 한층 신경을 써야 한다. 그렇다고 약물에 대한 의존과 과신은 자칫 잘못하면 건강을 악화시킨다. 또 바깥출입을 않고 온종일 방 안에서 TV에 빠져 움직이지 않으면, 음식물 소화에도 장애를 준다. 그래서 자신의 나이에 맞는 적당한 운동을 찾아하는 게 생체리듬에도 유익하다.

모든 것을 다 얻고도 건강을 잃는다면 무슨 소용이 있겠는가. 노인이 되면 자신의 건강을 위해서 가장 좋은 것이 등산이다. 막상 집밖을 나설 때 '갈까 말까' 망설여지지만, 막상 산에 오르면 4계절 따라 변화 무쌍한 향연을 만끽할 수 있다. 실로 자연의 섭리는 경이롭고, 오묘함을 보여준다. 등산도 게으르면 실행하기 어렵다. 또한 혼자서 성큼 나서기가 부담감이 들면, 두 사람이 함께 나서면 말벗이 되어 더욱 수월하다. 나 또한 이웃 친구 박 씨(65)와 만월산을 오르내린다. 벌써 1년 지났는데도 여전히 헉헉거리며 '걷다 쉬다' 하게 된다. 등산을 마치면 기분이 상쾌하고, 성취감이 그 무엇과도 비할 데 없다. 처음 등산의 시작은 굳은 의지가 필수적이다. 하지만 반복하다 보면 습관이 절로 생긴다.

나의 만월산 등산코스는 이렇다. 약사사 입구에서 몇 걸음 올라가면, 우측으로 둘레길이 잘 만들어졌다. 가파르지 않고 위험성이 없는 길을 따라 쉬엄쉬엄 걸어가면, 몇 개의 벤치가 놓여있다. 솔향기가 짙게 묻어나는 그곳에 잠시 쉬었다가, 다시 출발하면 만수산이 나타나면서 둘레길이 멈춘다. 거기서 곧바로 정산으로 올라가는 길이 트인다. 약간 가파르지만 보호난간 설치가 돼 있고, 추락 방지 로프가 연결돼 안전에는 이상이 없다. 하지만 폭이 좁아 등산객끼리 교행 시 서로가 먼저 "안녕하세요. 조심하세요"라고 간단한 인사말을 건네는 게 기본예절이다.

마침내 산등성 초입에 이르면 철봉과 평행봉, 허리 돌리기 등 운동기구가 설치돼 있어 가볍게 몸을 푼 뒤, 팔각정을 향해 직진으로 걸어가면 정상에 이른다. 안내판에는 만월산(해발 187.1m)이라고 씌어있다. 그곳에서는 인천시내 전체를 관망할 수 있다. 서해바다, 계양산, 문학산, 영종도 등이 한눈에 밝혀온다. 특히 남쪽을 바라보면 부평화장터와 그 주변에 망자들의 묘지들이 눈길을 잡아맨다. 잠시 인생의 삶과 죽음에 대한 사색을 함께 녹여낸다. 매일 주검이 60~70여 구가 한 줌의 재로 분해된다고 한다.

영국의 극작가 윌리엄 섹스피어는 "빈손으로 왔다가 빈손으로 가는 것이 바로 인생이다"라고 했다.

한편 등산함에 있어서 타인에게 직접 또는 간접으로도 피해와 혐오감을 주는 행위는 자제하고, 겸손과 양보의 미덕으로 서로가 협조해야 한다. 또한 산에 쓰레기를 버리거나 애완견을 동반하는 행위도 따가운 눈총을 받게 된다. 등산은 혼자 즐기는 레저가 아니라, 자연과 사람과의 만남, 또 사람과 사람끼리의 만남이다. 그래서 자연을 보호하고, 다른 사람에게 불쾌감을 주지 않아야 한다.

또 한편 등산에서 공짜로 얻어지는 것은 '션샤인 비타민'이라고 불리는 햇빛이다. 하루 30분 이상을 충분히 쬐면 체 내에서 비타민D가 합성되는 것으로 알려졌다. 결핍될 경우, 뼈가 휘는 구루병, 골연화증 혹은 골다공증이 나타난다고 한다. 뿐만 아니다. 뇌졸중과 고혈압, 당뇨, 결핵, 우울증 등을 촉진시킬 수 있다고 한다. 장마가 길어질 때면 감정의 기복이 심해져 우울해지는 것은 햇빛 부족으로 생체리듬이 깨지기 때문이라고 한다.

누구에게나 등산은 손쉽게 건강도 얻고, 행복감을 느끼게 하여 일거양득의 효과를 누릴 수 있지 않는가. (2017. 4. 10.)

귀한(歸韓) 중국동포 가슴에
대못질한 영화 '청년경찰'

얼마 전 논란이 뜨거웠던 영화 '청년경찰'의 스토리라인은 대충 이렇다. 서울에서 중국교포가 가장 많이 거주한 영등포 대림동이 배경이다. 주인공 두 청년은 소녀를 납치한 인신매매 조직을 뒤쫓다 대림동으로 들어서고, 그곳에서 범죄를 일삼는 범죄자들과 만나게 된다. 이들은 모두 '조선족'으로 묘사한다. 어린 소녀들을 폐건물에 감금한 장면은 물론, 그곳에서 난자를 채취하는 끔찍한 내용이 비교적 소상히 드러나 관객들도 놀라워한다. 게다가 중국 식당을 근거지로 둔 범죄조직이 청년들을 구타, 고문하는 장면도 있다.

영화 속 택시기사는 대림동을 "경찰도 손대지 못하는 동네"라는 대사를 한다. 이와 관련 '청년경찰' 김주환 감독은 중국동포와 대림동을 범죄 온상으로 설정한 데는 특별한 의도는 없다고 자기 입장만 싱겁게 설명한 뒤에 한마디 사과도 없었다고 한다. 이게 '갑질의 횡포가 아닌가?' 하는 의구심이 든다. 일반적인 상식으로는 도저히 이해하기 어렵다. 현실적으로 대림동에서 거주하면서 장사를 하는 중국교포들은 이

구동성으로 부정적인 이미지로 인해 장사에도 악영향을 받게 된다며 절규에 가까운 울분을 쏟아냈다.

비단 이번만이 아니란다. 과거에도 영화 '황해'(2010), '신세계'(2013), '악녀'(2017) 등에서도 중국동포가 인신매매와 살인을 하는 장면을 등장시켜 큰돈을 챙겼다. 반면 중국교포의 상처는 더 깊어지고 갈등의 파고는 높아갔다. 이처럼 우리 국민들이 귀화한 중국교포를 보는 시각은 그다지 호의적이지 않은 것 같다.

실제로 중국동포는 우리와 같은 뿌리를 가진 한민족이며, 우리와 함께 더불어 살아가야 할 이웃이다. 향후 중국동포에 대한 왜곡된 인식을 버리지 못한다면 신분제에 버금가는 차별이 될 것이다.

조선족은 한민족 혈통을 지닌 중국 국적을 가진 주민들을 가리킨다. 19세기 중후반 만주로 이주하면서 중국 영토 내에서 조선인들이 모여 살기 시작했다. 지금은 중국의 소수민족으로 중국 국적을 소유하고 있다. 하지만 문화 차이 등으로 인한 오해 때문에 갈등이 생긴 상황이 심각하다.

현재 중국교포 중 한국으로 귀화한 사람은 50만 명에 이른다. 그들은 전국 곳곳에 흩어져 한국인으로서 자긍심을 갖고 살아간다. 서울시 통계에 따르면 현재 서울에 거주하는 중국동포는 14만 2천168명이다. 그중 대림동에는 2만 5천명이 거주하면서 약 40%가 상점을 운영하는 것으로 추정된다. 이곳은 '차이나타운'처럼 중국교포에게 제2의 고향처럼 포근하게 느껴진다고 한다. 설, 추석 등 민족 명절에는 전국 곳곳 중국교포들이 상경하여 대림동에서 고향 친지들과 만남의 장소로 활용하고 있다.

그리고 경기도에 거주하고 있는 분들은 주말 모임 시 이곳 음식점에 사전 예약을 하고, 만나서 술도 마시고 식사도 하면서 자신들이 삶의 애환도 나눈다.

필자는 이웃에 사는 중국교포 박모(65) 씨와 친구로 사귄지 4년이 됐다. 그는 귀화한지 15년이 되었음에도 주위의 차가운 시선과 강력사건 발생 시 언론에서 중국동포에 대한 부정적인 기사화를 볼 때마다 역겨운 자괴심이 끓어오른다며 자신이 중국인인지 한국인인지 정체성에 혼란을 겪는다고 실토한다. 그때마다 괴로워하는 그에게 "눈 감고, 귀 막고, 입 닫고 사는 게 되레 정신건강에 보약이 된다"며 구차한 말로 감싸준다.

지난달 10일 오후 대림동 주민자치센터 회의실에서 귀한 중국동포 경로 모임에 참석하기 위해 박 씨와 동행했다. 골목길 양편에 "중국동포들은 범죄자들이 아니다. 영화 '청년경찰' 제작사는 사과하라!"라고 쓰인 현수막이 눈에 띈다. 얼마나 속상하면 저럴까. 그들의 표정에 울분이 가득 차 있었다.

회의실에는 수도권에 거주하는 100여 명의 노인들이 참석했다. 이 자리에서 8순의 한 동포는 "우리 동포 사회의 힘이 약하고 역량이 부족해서 이런 일이 생겼다. 이번 기회에 동포 사회를 비하하는 문화 적폐를 청산해야 한다"라고 목소리를 높였다. 모두가 공감하듯 뜨거운 박수로 호응했다.

다른 한편으로 영화 '청년경찰'이 200만 명이 손익분기점인데 현재 500만 명이 넘어서 짭짤한 재미로 설레고 있다. 뒤집어 보면 남의 불행이 나의 행복이 되는 셈이다. 귀화 중국동포들 대부분이 우리 국민이 기피하는 3D 직종에 종사한다. 그들은 60세가 넘은 나이임에도 거의가 식당과 상점 종업원, 건물 청소원, 가사도우미, 육아 돌봄이, 건설 잡부, 제조업 노동자 등으로 성실하게 일하면서 살아가는 순박하고 정직한 사람들이다. 우리가 도와주지는 못할망정 쪽박까지 깨야 되겠는가. 게다가 그들의 어려운 현실을 허구적으로 꾸며낸 영화 '청년경찰'처럼 예술성을 앞세워 지나친 표현의 자유로 포장시켜 중국교포의 명예를 현저히 훼손하는 행위에 대해 일말의 양심의 가책도 느끼지 않는다는 말인가.

영화 제작자측은 반드시 민·형사적인 책임을 져야 할 것이다. 향후 더 이상 그들의 가슴에 대못질을 하지 말길 간절히 바란다. (2017. 10. 29.)

'어머니!' 생존 시 사랑의 강물,
사후엔 그리움의 강물

인간은 누구나 모정에 대한 절절한 그리움과 애타게 보고픈 심정을 가지는 게 인지상정이다. 특히 나의 모정께서는 자식에 대한 지극정성이 마치 가시고기처럼 자기희생 바로 그 자체였다. 어디서 맛있는 음식만 생겨도, 가지고와서 먹어보라며 주시고, 장롱 속에 남몰래 모아둔 돈도 요긴하게 쓰라고 선뜻 꺼내주신다. 입고 싶은 옷도 안 사 입고, 먹고 싶은 것도 안 먹고, 오직 자식에 대해 일방적으로 베풀었다. 반면 아버지를 일찌감치(초등 6년) 잃었기에 부정에 대한 추억이 없다. 그래서일까. 어머니에 대한 가슴에 남는 추억들을 죽을 때까지 되새기며 살아가야 한다.

하지만 나는 모정에 대한 애정이 남달리 깊다. 그 이유는 '나를 창조한 유일한 신 같은 존재'라는 뿌리 깊은 인식이 자리 잡고 있기 때문이다. 뿐만 아니라 나의 공직생활의 시작과 끝을 지켜보면서 뒷바라지를 해주시고, 사무관으로 승진한 영광에도 모정의 간절한 기도를 빼놓을 수가 없다. 실제로 평생 동안 '아들에게 아낌없이 베푼 한없는 사랑'은 누구보다 절실했고 뜨거웠다.

　그러나 모정께서는 백수를 코앞에 두고서 고되고 무거운 삶을 내려 놓으시고, 영원한 안식처인 하늘나라로 떠났다. 남들은 살만큼 살았으니 애석하게 생각하지 말라고 나에게 위로하지만, 그럴수록 그리움이 사무쳤다. 아들의 입장에서는 허탈감이 쉽사리 사라지지 않는다. 돌이켜보면 지난해 10월, 부평 S병원서 건강진단 결과를 Y 의사께서는 MRI 필름을 전깃불에 비쳐보면서 현재 간에 암세포 일부가 침투했다고 설명해줬다. 만일 수술하게 되면 석 달 살고, 그대로 두면 1년쯤 생존할 수 있다는 것이다. 즉, '시한부 인생'이라고 알려준다. 일순간 가슴이 덜컥 내려앉은 기분이다. 또 병원에 있든, 요양원에 있든, 집에 있든 마찬가지라고 한다. 게다가 오래 살았지 않느냐고 반문하면서 다른 치유방법이 없다고 잘라 말한다. 남의 생명의 가치를 가볍게 여겨 불쾌감을 느끼게 한다.

　이런 건강상태를 누님과 세 누이들에게 알렸더니, 익일 달려와 피골이 상접하여 앙상해진 모습을 측은지심으로 바라보면서 흘쩍흘쩍 눈시울을 촉촉이 적셨다. 하지만 모정께서는 무슨 영문으로 우는 줄도 모르시는 것 같다. 빙 둘러선 자식들을 빤히 바라보시면서 이름을 부르고, 손자들 안부마저 물으면서 이름까지 거명하신다. 백수를 1년 앞둔 노령임에도 치매도 없어 기억이 비상했다. 현재 살아있는 자식들을 바라보니 맘이 흐뭇했던지 핏기 없이 야윈 얼굴에 미소까지 띠우신다. 그리고 "나는 살만큼 살았으니, 너희들은 잘 살아야 한다"는 말씀은 늘 잊지 아니 한다. 나는 모정께서 낙심하실까봐 암에 걸렸다는 사실을 숨겼다.

　한편으로 H요양원에서 생활하신지도 4년의 세월이 바람처럼 스쳐갔다. 설과 추석 명절, 아버지 제사 때만 집으로 모셔와 2~3일 지내면 스스로 양로원으로 가시겠다며 보따리를 챙기신다. 아들한테 짐이 되지 않겠다는 속내다.

나날이 건강상태가 악화됐다. 난 1주일에 한 번씩 찾아가 뵙고 돌아설 때 정문에 이르러 뒤돌아보면 현관문에서 들어가지 않고, 꼿꼿이 서서 손을 흔들어 주시는 모습이 떠오르면 가슴이 뭉클해진다. 찾아뵐 때마다 모정께 "먹고 싶은 것이 있느냐?"라고 물으면 "돈이 없는데 사오지 말라"면서도 낙지와 회를 말씀하신다. 과거 20~40대에 섬마을에서 썰물 때 갯벌에 나가 낙지를 잡다가 가족들과 맛있게 먹었던 기억 때문이다. 서울 막내와 이천 첫째 누이가 찾아올 때마다 낙지 전문식당으로 가서 사드리면, 맛있게 잡수시는 걸 보면서 자식들은 흐뭇해했다.

또한 운명하시기 한 달 전, 모정께서는 이천 누이가 삶아 온 전복을 고추장에 찍어서 잘 잡수셨던 모습이 눈앞에 아른거린다. 그런데 속상한 일도 있었으나 이해하고 웃어 넘겼다. 자식들이 자주 들락거린다고 함께 생활하는 노인들이 싫어한다고 간병하는 요양보호사들이 귀띔해줬다.

올 9월 들어 제 몸조차 가누지 못할 만큼 쇠약한 모습이 안쓰럽다. 그래도 삼시 세 끼는 잡수셨는데 이제 먹기마저 힘들어 하신다. 그리고 침상에 누워 한마디 말씀이 없었다. 내가 묻는 말에만 힘들어하면서 고개를 끄덕이셨다. 사실상 어머니의 생은 벼랑 끝을 향해 치닫고 있었다.

9월 14일 점심 때 요양원에서 전화가 왔다. "어머니 병세가 악화돼 S병원에 입원시켰다"고 한다. 급히 달려가니 지난해 진료했던 의사께서 간 상태를 촬영한 필름을 보여주면서 "현재 간암세포가 전체에 번졌으니 아프다면 진통제 놔주고, 식사 대신 영양제를 놔주는 방법밖에 없다"고 한다. 가슴이 먹먹했다. 일주간 두서너 숟갈 죽을 억지로 삼키게 했다. 나날이 얼굴에 누런빛을 띠기 시작했다.

입원 15일을 맞아 의식을 잃고 중환자실로 옮겨져 산소호흡기에 의지해 겨우 맥박만 가늘게 뛰고 있다. 이런 상태를 이천 누이에게 연락했더니, 생전에 한 번 더 보고 싶다며 달려와 어머니를 보고 대성통곡을 터뜨렸다. 그 순간 딸의 음성을 듣고서 눈을 번쩍 뜨시고, 곧바로 눈을 감아버렸단다.

다음날 아침, 수원 조카 등 3명이 병원에서 만나서 오전 면회가 11시 30분에 시작되어 먼저 큰 조카 승환이를 들여보냈다. 그가 "할머니!" 하고 부르자, 모정께서 "고개를 끄덕였다"고 전한다. 바로 이어 둘째 조카가 들어가서 나오더니 돌아가신 것 같다고 한다. 그 말을 듣고 내가 곧바로 달려가 팔을 만져보니 얼음장같이 차가웠다. 눈가에는 눈물 자국이 흥건히 남아있다. 나의 울음이 터지자 간호사와 의사가 달려와서 청진기를 가슴에 대더니 사망을 확인했다. 이미 예상은 했으나 허망하고 무상했다.

나는 모정의 죽음을 주위 분들에게 부고는 않고, 누나와 누이에게만 알렸다. 모정의 주검을 장례예식장으로 옮겨 하루를 보내고, 다음날 부평 화장터로 이동하여 간단한 절차를 밟아 두 시간 만에 재가 되어 도자기 유골함에 담아졌다. 유골함 앞면에 '생 1920년 3월 15일, 졸 2017 9월 30일 고 김 아무개'라고 새겨있다. 입원한지 16일 만에 이승을 떠난 셈이다. 인천가족공원 '평온당'에 잠시 모시기로 했다.

이처럼 어머니는 혼비백산했다. 즉, 혼은 날아가고 몸은 재가 되어 흩어졌다. 모정과 영별은 나에게 한없는 슬픔과 그리움을 남게 했다.

그토록 아들밖에 모르시고 늘 너그럽고 포근했던 어머니! '생존 시 사랑의 강물, 사후엔 그리움의 강물'이다.

어머니! 살아계실 때 행복하게 해드리지 못한 점이 가슴에 대못처럼 박혀있어 아픔을 느낍니다. 어머니! 어머니! 나의 어머니! 비록 내 곁을 떠났어도 이 생명이 다할 때까지 사랑하고 존경하며, 은혜를 잊지 않겠습니다. (2017. 10. 10.)

풍요롭고 아름다운 나라,
미국 여행

1. 설레고 꿈만 같은 가족여행

2016년 6월 23일 아내(63)와 딸(24) 세 가족이 인천공항에서 아시아나 비행기에 탑승, 오후 5시(한국 시간)에 이륙했다. 밤새껏 태평양을 가로 질러 동쪽으로 쉼 없이 날아서 샌프란시스코 비행장에 무사히 착륙한 시간은 익일 4시였다. 무려 11시간 쉬지 않고 날아 온 셈이다. 미국시간은 우리와 8시간 시차가 있어 12시였다. 일견 샌프란시스코 비행장의 시설과 시스템은 우리 인천공항보다 낡고 못한 것 같다. 여행객들이 나가는 시간은 오래 걸리지 않아 한결 낫다. 바깥으로 나오니 처제가 기다리고 있었다. 곧바로 그녀가 살고 있는 산호세시로 약 40분쯤 달려와 쌓인 피로를 담소로 풀었다.

창문 밖으로 펼쳐진 시내 전경은 의외로 높은 빌딩이 없었다. 그 사유는 이렇다. 1906년 4월 18일 캘리포니아주의 연안지역에서 8.3의 지진으로 건물 파괴로 인해 큰 화재가 발생, 1,400명이 사망했다. 따라서 나무집들을 낮게 짓고 시민들이 과거의 지진공포를 가지고 있단다. 그리고 세계적으로 유명한 애플과 구글 회사가 있어 두뇌 좋은 인도인과 중국인들이 많이 근무하고 있다.

한편으로 처제는 2000년 어린 두 아들(초교 5년, 중 2년)을 데리고 미국에 건너와서 우수한 학생만 입학할 수 있는 국립 버클리대학을 둘이나 졸업시켰다. 두 아들은 한국에서 온 여행객과 유학생들에게 통역하여 학비와 용돈을 벌면서 공부했기 때문에 처제의 자식교육이 수월했다. 장남은 미군에 입대하여 4년간 복무를 마치고 집 인근에 있는 항공우주국 사무소에, 차남은 뉴욕시 소재 NGO에서 일하고 있다. 이쯤 되면 이민자로서 아메리카 드림을 거의 이룬 것 같다. 장남이 우리 가족을 위해 3일간 휴가를 내어 안내하기로 했다.

한편 캘리포니아주는 미국 50개 주 중 최대의 인구와 생산력을 자랑하는 두 번째로 넓은 주이고, 1846년~1948년 미국과 멕시코의 영토전쟁이 발발해 미국의 승리로 인해 멕시코의 북부 지역인 캘리포니아의 넓은 땅을 차지하게 됐다고 간단한 정보도 전해주었다.

2. 깨끗하고 아름다운 아시아의 관문 샌프란시스코

샌프란시스코시티(San Francisco)의 시청 청사를 둘러봤다. 기둥은 시멘트로 찍어낸 멋지고 단단하게 제작된 콘크리트다. 건물 축대는 돌을 다듬어 쌓아 올려 견고하게 만들어졌다. 앞마당은 잔디로 깔려있다. 특히 차이나타운(Chinatown)은 중국인들이 1850년대에 자리를 잡아 규모가 꽤 크다. 상가와 식당도 즐비하게 들어서 있고 영화, 음악, 문학 등 예술 활동이 활발히 전개되기도 한단다. 인근 공원에는 행색이 남루한 노인들이 장기와 마작을 두고 있었다.

금문교는 1933년에 착공하여 1937년에 준공된 2,737m로, 당시 세계에서 가장 긴 다리였다고 한다. 이곳을 건너면 소살리토(Sausalito)가 나온다. 언덕에 위치한 다양한 양식의 집들이 눈길을 끈다. 하지만 예술가들이 사는 부촌이기에 물가는 비싼 편이라고 한다.

알카트래즈(Alcatraz)섬은 육지에서 2.4km 떨어져있어 배를 타고 갈 수 있다. 멀리서 보아도 아기자기한 집들이 그림 같다. 1963년까지 연방감옥으로 사용되었다가 1972부터 일반인에게 공개됐다. 해변에는 비싼 하얀 보트들이 수백 척이 떠 있고, 물개들이 햇볕을 쬐고 있었다.

그리고 우수한 학생들이 입학할 수 있는 사립 스탠퍼드대학과 국립으로 학비가 싸서 공부 잘 하는 학생들이 입학할 수 있는 버클리대학도 살펴보면서 만감이 교차되었다.

귀로에 중고품을 파는 'GOOD WILL' 가게에 들어갔다. 한 번 쓴 생활용품을 갖다 주면 조금의 세금 혜택도 받는다. 누구든지 필요한 용품을 싸게 살 수가 있어 편리했다. 한국의 '아름다운 가게'도 이것을 벤치마킹한 것 같다.

3. LA 가는 고속도로 주변의 이모저모

미국은 북으로는 캐나다와 남쪽으로는 멕시코와 국경을 이루고 있다. LA로 가기 위해 남쪽으로 질주했다. 태평양 연안에 고속도로는 편도 2차선이고, 안내판에는 제한속도 65MILE(1마일 약 1.6km)이라고 쓰여 있다. 도로상에는 대부분 독일과 일본 차가 80%다. 각각 반반이다. 가끔 현대와 대우 차들을 가뭄에 콩 나듯 보일 때마다 왠지 기분이

좋았다.

　여름철 강우량이 적어 산언덕의 풀이 노랗게 시들어 있다. 가끔 비가 내리면 초록빛을 띤다고 한다. 지난해 산호세시에는 비가 네 번밖에 내리지 않았다고 한다. 그래서 집 주변 나무에는 매일 조석으로 스프링클러로 물을 뿌려준다.

　또 한편 태평양과 경계를 이룬 산맥의 큰 나무들은 바다에서 날아오는 습기를 먹고 생명을 유지하고 있단다. 도로변에 큰 마늘밭 있다. 대부분 불법 체류한 멕시코인과 한때 한국 이민자들이 일손을 도왔다고 한다.

　한참을 달리다가 솔방(SOLBANG)에 잠깐 들렀다. 이곳은 덴마크 이민자들이 젖소를 기르며 치즈와 소시지를 만든다고 한다. 커다란 풍차 조형물을 설치해 놓아 덴마크 이미지를 연상케 했다.

　한편 한국인 여행객에게는 참새 방앗간처럼 들린 곳이 있다. 최경주와 박세리가 골프로 유명세를 날렸던 태평양 해변에 조성된 '페블비치 골프장'도 둘러봤다. 그곳에서 한가롭게 골프를 즐기는 사람들이 북새통을 이뤘다. 주변엔 수억대 집들이 고목나무로 둘러싸여 더욱 운치가 있었다.

　다시 나와 산타모니카(SANTA MONICA) 해수욕장으로 가니 수많은 사람들이 수영을 하고, 일부는 서핑으로 파도타기를 즐긴다. 특히 해변의 모래는 백색가루처럼 하얗다. 한 움큼 떠서 삼키고 싶은 충동이 일었다.

　그리고 LA에서 가까운 롱비치(LONG BEACH)시를 구경했다. 이곳에는 1934년에 건조된 영국의 호화 여객선 '퀸 메리호'가 있다. 총길이 310m, 무게가 8만 톤에 이르는 거대한 위용을 자랑한다. 1936년 최초로 항해를 시작, 1967년 퇴역하여 이곳에 정박시켜 호텔과 박물관 레스토랑으로 사용되고 있었다.

4. 세계인의 사랑을 받는 영화배우 활동 무대인 LA

LA에 도착하여 초등교과서에 소개되었던 그리피스 천문대로 먼저 갔다. 1935년에 설립했다. 주요 소장품은 첨단만원경이다. 이곳에서 LA시내를 한눈에 조망할 수 있으며, 특히 아름다운 야경이 유명하다. 맑은 날 밤에는 12인치 망원경을 일반인에 개방한다. 낮에는 많은 사람들이 찾아오고 있으나, 화장실이 남녀 각각 한 칸밖에 설치되지 않아 불편했다. 급할 때는 어찌할까. 부질없는 걱정이 든다. 그래도 서서 기다리는 관광객은 한마디 불평을 않는다. LA에서 숙박문제는 가정집을 한 채 빌려 5명이 1일 숙박했다.

다음날은 '유니버설 스튜디오 할리우드(Universal Studios Hollywood)'를 구경했다. 세계에서 가장 큰 영화제작 스튜디오이자 동시에 많은 관광객을 유치하는 테마파크이다. 영화제작 환경을 직접 볼 수 있는 스튜디오, 스릴 넘치는 스턴트 쇼 등 직접 관람하니 생동감이 넘쳤고 현실감을 더해 주었다. 한국에서는 볼 수없는 감동적인 무대다.

디즈니랜드(Disneyland)는 1955년에 개장한 뒤 오늘에 이르는 동안 전 세계 관광객들에게 사랑을 받고 있다. 너무 유명한 디즈니랜드의 마스코트인 미키마우스부터 시작해 수많은 디즈니 캐릭터들이 함께 하는 퍼레이드부터 여러 가지 놀이기구들이 있어 가족여행에 아주 안성맞춤이었다. 할리우드 대로(Hollywood Boulevard)는 1960년부터 2,000명이 넘는 스타나 캐릭터를 기억하기 위해 이름을 새겨놓은 워크 오브 페임(Walk of Fame)이 있고, 특급 할리우드 스타들의 핸드프린팅을 볼 수 있었다.

하지만 화려한 도시에도 그림자가 드리워져있다. 변방에는 흑인들이 초라한 집에서 살고 있는 현실은 옥에 티였다. 또 코리아타운을 찾아가보니 낡고 옹색한 건물구조와 붓글씨로 '떡 방앗간', '노래방'이라 쓴 나무간판이 걸려 있어 내 눈을 의심케 했다. 이런 것을 두고 풍요 속의 빈곤이라고 표현해야 할까. 또는 한국 이민자 의식이 과거에 집착해 진화하지 못한 뒤처진 문화로 이해할까. 도무지 믿기지 않았다.

5. 라스베이거스로 가던 도중 진풍경들

라스베이거스로 가던 중에 후버 댐을 구경했다. 높이 221m, 기저너비 200m, 저수량 320억 ㎥이다. 애리조나와 네바다 양 주(州)에 걸쳐 있고, 콜로라도 강 하류의 홍수 방지를 위해 건설된 것으로 테네시 강(江) 유역 개발과 함께 뉴딜(New Deal) 정책의 일환으로 조성된 다목적 댐이다. 1931년에 착공하여 1936년에 완성되었으며, 당시 세계 제일의 규모를 자랑했을 뿐만 아니라 건설기술의 비약적인 발전을 촉진시켰다. 처음에는 '볼더 댐'이라고 불렸다. 부근에 댐 종사자 등이 거주하는 볼더 시티가 건설되기도 했다. 승용차 앞자리에 앉아 전방을 주시하면, 마치 물줄기가 길바닥에 흘려 넘치는 현상을 볼 수가 있었다. 그러나 거기에 이르면 아무것도 없다. 이게 신기루였다. 또 바다의 용오름처럼 눈앞에서 토네이도가 형성되어 비켜가는 것도 볼 수 있었다.

6. 도박과 관광의 라스베이거스시티

낮보다 밤이 뜨거운 도박과 관광의 라스베이거스는 네바다주 최대의 도시이다. 1700년대 초 에스파냐인(人)들이 이곳을 처음으로 발견하였는데, 에스파냐어(語)로 라스베이거스는 '초원'이라는 뜻이다. 밤은 온통 형형색색의 불빛으로 눈이 부셨다.

베네치아호텔에는 인공하늘과 운하 그리고 떠다니는 곤돌라가 마치 이탈리아 베니스를 옮겨놓은 듯하다. 사방을 둘러봐도 호텔이고, 지하에는 파친코가 있었다. 방값이 비싸지 않는 일반 호텔을 잡았다. 하룻밤 숙박비는 한화 8만 원이다. 식사 후 지하로 내려가서 10달러(한화 12만 원)를 코인으로 바꿔서 5명이 나눠서 트로트머신 앞에 앉아서 잠시 즐겼다. 결국 20분만에 다 잃고서 한바탕 웃으며 그곳을 빠져 나왔다.

7. 장엄한 그랜드캐니언이 내 넋을 훔쳐갔다

그랜드캐니언을 향해 질주했다. 주변 산과 들에는 식물들이 말라가면서 사막화가 되어가는 중이었다. 도로 주변에 '죠수아'라는 식물을 처음 봤다. 나무인지, 선인장인지 구별이 안 됐다. 수 개의 가지가 직각을 만들어 하늘을 향해 손들고 있는 형상이다. 또 산 아래는 인디언들의 집단촌을 볼 수 있었다. 그들은 도시생활에 적응 못하고, 시골로 내려와 정착해 사는 사람들이다.

또한 태어나서 꼭 한 번 봐야 할 곳으로는 입소문 난 '그랜드캐니언'이다. 이 관광명소는 애리조나의 북부에 있으며, 콜로라도 강이 콜로라도고원을 가로질러지는 곳에 형성돼 있다. 웅대한 절벽과 다양한 색의 암석이 조화를 이뤄 아름다운 경관이다. 한마디로 '장엄함' 그 자체다. 또 침식되어 하천이 생겨나고, 온통 붉은 색을 띠고 있어 신비스러워 잠시 내 넋을 훔쳐갔다.

맞은편에는 관광객들이 헬기를 타고 하늘에서 구경했다. 그리고 그곳에서 말을 관리한 인디언 한 분께 기념사진을 찍자고 권유했더니 웃으며 응해 주었다. 생김새를 찬찬히 뜯어보니 지난해 내몽고 아영치서 만난 목축업을 하는 몽고인의 큰 체격과 이목구비가 너무나 비슷했다. 약간 인디언의 낯빛이 좀 더 검은 편이었다.

산호세로 다시 돌아오는 길은 대각선으로 난 고속도로를 이용하니 7시간쯤 소요됐다.

8. 패셔니스타들이 선호하는 유럽인의 관문 뉴욕

며칠간 쉬고 샌프란시스코에서 비행기를 타고 뉴욕으로 가던 도중 휴스턴시에서 내려 1시간 쉬었다가 다른 비행기로 갈아타고 뉴욕까지 9시간 걸렸다. 비행기 내 좁은 창문으로 비쳐지는 뉴욕시는 유럽의 관문으로서 크고 작은 많은 지천이 뻗쳐있다.

시내로 나오니 발 디딜 틈 없이 인파로 넘쳤다. 상가 건물들은 유럽식으로 지어져 대체로 크다. 거대한 엠파이어스테이트빌딩과 멀리서 바라본 맨해튼의 마천루는 웅장했다. 양편에는 허드슨 강과 이스트 강이 고요하게 흐르고 있다. 특히 강변 공원이 펼쳐지고 그 뒤편에 아파트를 세웠다. 또 9·11테러 때 공격받은 빌딩이 새롭게 태어나 우뚝 서 있지만, 아픈 역사의 현장에는 수많은 희생자들의 슬픈 사연이 흐르고 있어 가슴이 뭉클했다.

또 타임스퀘어(Times Square) 전광판 광고를 어느 회사가 하느냐가 세계 경제의 흐름을 주도하는 상징적인 의미가 있다고 한다. 우리나라 삼성 기업의 광고를 보면서 한국인의 자긍심을 느꼈다. 햄버거와 피자로 유명한 가게도 들어가 먹어봤지만, 우리나라에서 만든 것보다 물기가 많고 맛이 떨어진 감이 든다. 여기에도 화장실이 남녀 각각 한 칸씩이다. 한참 기다려야 순서가 온다. 그리고 도로 횡단보도 양편에는 쓰레기통은 설치해 두어 길바닥에 버려진 각종 쓰레기는 없었다. 특히 우리나라처럼 땅바닥에 검버섯 같은 껌 딱지를 보지 못했다.

도심에 이탈리아와 중국거리도 있었다. 뉴욕에서 볼만한 곳은 센트럴파크, 자유의 여신상, 타임스퀘어, 엠파이어스테이트빌딩 등이 대표적인 도시의 랜드 마크다.

9. 귀국길에 떠오른 단상

미국 여행 20일간 일정은 막을 내렸다. 마치 좋은 영화 한 편을 보고 난 뒷맛처럼 아쉬운 감정이 남는다. 실제로 여러 가지 체험을 주마가편식으로 보고 느꼈을 뿐이다. 하지만 지면상 제약으로 인해 소상히 소개할 수는 없어 대충대충 묘사했다. 극히 일부 미국 관광이지만 나는 큰 감동을 받았다. 또다시 가보고 싶은 나라다. 일찌감치 우수한 문명을 발달시킨 유럽인들은 아메리카를 침략하여 지배함으로써 빠른 성장을 이뤘다. 특히 다양한 민족의 지식과 경험이 모아져, 경제대국을 이뤄 풍요한 삶 속에서 행복한 삶을 만끽한다.

한편으로 자유와 평화스러운 지구촌의 무릉도원이라 해도 손색이 없다. 그들은 1776년 영국으로부터 독립하여 짧은 역사 속에서 미국을 세계의 강대국으로 만들었다. '아름답고 깨끗한 부자의 나라.' 그래서 아메리카 드림은 예나 지금이나 여전하다. 누구나가 한 번쯤은 이민 욕구를 느끼게 할 수 있는 충분한 조건이 있다. 우리 젊은이들도 국내에서만 직업을 찾지 말고 저 광활한 아메리카 땅으로 건너가서 성공의 열매를 맺어보길 간곡히 권유하고 싶다. (2016. 8. 10.)